KB261929

L'agenda mythique du Sisyphe

시지프의 신화일기

L'agenda mythique du Sisyphe

L'agenda mythique du Sisyphe

시지프의 신화일기

석제연 지음

2003

시지프의 신화 일기 **차례**

시지프, 여행에서 돌아오다

말기환자는 투약하고 투병한다.
가족이 없는 사람은 투약이 무효할 정도로 빨리 죽어간다고 한다.

여행에서 돌아온 시지프Sisyphe는 잠을 잤고 잠에서 깬 그녀는 세탁기를 돌리며 몸을 씻었다. 머리카락과 몸에서는 땟국물이 흘렀다. 햇빛과 바람을 맞아 더 부스스해진 머리카락과 피부에 오일을 잔뜩 발라두었다. 연두색 날개를 가진 곤충들이 팔 위에 앉아 간질인다. 향기와 끈적임에 곤충들이 날아들었나 보다. 몇 마리는 날아갔고 일부는 그녀의 흰 손가락에 눌려 목숨을 잃었다.

그들에게도 가족이 있을까.
가족이 없는 곤충도 있을까.

　여행 전만 해도 난로를 피웠는데 여행에서 돌아오니 날이 덥다. 한여름에나 열어두었던 창을 열어제꼈다. 여름이 가까웠나 보다. 가을이 다 가기도 전에 겨울을 어찌 견딜까 싶더니 벌써 여름을 준비한다. 모기에게 팔이며 다리 몇 군데쯤 내어 주다 보면 여름도 다 가리라.

시지프. 비밀언어를 엿듣기 좋아하여 신들의 세계에서는 교활한 인물로 꼽혀 바윗돌을 끊임없이 들어올려야 하는 벌을 받았으나, 인간의 입장에서 보면 가장 현명했었다고 한다. 그리스 신화에 등장하는 인간.

엿듣기 좋아하고, 입이 가볍고, 교활한 데다, 신들을 우습게 여겨 일찍이 마뜩찮은 인간으로 낙인찍힌 나.

지하세계의 왕 하데스Hades가 몇 번이나 시종을 보내 으르고 경고하여 데려가려 했지만 갖은 말재주와 임기응변으로 피한 나는 밤하늘 끌어안은 바다와 금수초목을 안아 기르는 산과 늘 새롭게 웃는 대지 속에서 삶의 기쁨을 누리다 돌아왔다.

아도니스여 제발

    고질병이라는 말이 생각난다. 자신의 성격 중 맘에 들지 않는 부분이 지속적으로 발생할 때 자탄 격으로 사용하는 말이다. 내 고질병은 여러 형태다. 가장 장애를 받는 것은 폭발적인 집중력이다. 그게 뭐 병이냐 할지 모르겠다. 그렇다. 폭발은 대단한 에너지가 아니면 있을 수 없기 때문이다. 하지만 폭발적인 에너지는 나를 종종 괴롭혀 왔다. 감당 못하고 쓰러질 때가 많았다. 그러면 남은 에너지가 속수무책으로 흩어져, 망연자실하여, 무기력과 허무까지 감당해야 했었다.

    폭발적인 가창 뒤에 찾아올 적요는 무섭다. 불꺼진 객석, 전원이 꺼진 마이크, 전선과 기타 장치가 얽힌 무대, 땀으로 얼룩진 피곤하고 초췌한 얼굴. 나는 락가수가 아니지만 그들과 내가 자주 동일시될 때가 많았다. 전설적인 락가수라는 짐 모리슨, 그룹 퀸과 보이 조지, 데이빗 보위와 너바나 등.

　팬이라고 연락을 주는 사람들이 더러 있었다. 그들은 내게 순수하다, 독특하다, 열정적이다 등등의 평가를 실어보냈지만 가장 비중을 많이 차지하는 것은 쓸쓸하다, 였다. 그들은 나와 함께 영화보기를 원했고, 커피 마시기를 원했으며, 함께 여행하기를 원했고, 술 마시기를 원했다. 그중 가장 고마웠던 것은 글 쓰기 좋은 공간이 있는데 필요하면 언제든지 사용하라는 제의였는데, 내게 특별히 호의적이어서 그랬다기보다는 타자와의 끊임없는 대화와 소통을 원했기 때문에 그랬을 것이라고 여겼다. 아직까지 나는 그들과 적절한 대화와 소통을 하지 못했다.

　애초부터 나는 나의 아도니스Adonis가 없을 거라 단정한 사람인지도 모른다. 그러니 아무리 많은 팬레터를 받아봐야 기쁜 일이 아니었다. 적당한 예의를 갖춘 답장을 쓰는 일도 귀찮았다. 그러면서도 나는 꾸준히 나의 아도니스에게 나를 알리고 있었다. 이 무슨 모순이란 말인가. 나는 나에게 보내는 편지를 날마다 밤마다 쓰고 있었다. 나의 아도니스는 나였던가 보다.

　그리고 나는 무식할 만큼 용감할 때가 있다. 폭발력 때문이다. 그것이 고질병과 연관되어 하나를 전체로 연결시키는 것, 전체가 보이지 않으면 손도 대지 않으려 하는 것, 꼭 해야 한다면 전체가 보일 때까지 사력을 다하는 면이 없지 않았다.

〈잠에서 깨어나는 아도니스〉 존 윌리엄 워터하우스

  폭발력 허망히 사라진 자리에는 빈 집 같은 육체가 허공을 바라본다. 내 빈 집, 육체는 영혼이 다시 돌아올 때까지 빈 가방처럼 허하다. 내가 나를 바라보는 시각을 증명이라도 하듯 누군가 내게 핵폭탄이라 했다 한다. 나를 아끼는 선생이 있었는데 그 선생을 따르는 또 다른 선생이 그랬단다.

  "아니, 선생님은 왜 핵을 짊어지고 다니세요?"

  내 연인 아도니스는 그러므로 나와 꼭 같이 있어야 한다. 나는 허깨비가 되고 싶지 않다.

  어떤 사람이 보낸 편지는 두 가지로 나를 놀라게 했다. 하나는 '안경 쓰시고, 조금 마른 안광의 소유자, 지적이고 괴팍한 지식인'이라 내 모습을 보듯 말해서였다. 그리고 다른 하나는 고맙게도 끝에 조심스럽게 덧붙인 글귀였다.

"제발 사라지지만 말아주세요."

의도한 일을 할 때 핵이 되어주면 좋겠지만 내 핵은 그렇지 못할 때도 많았다. 핵은 무시로 터지는데 알잖는가. 그것이 얼마나 불편한 일인가를. 무언가를 해야 하는데 에너지가 소진돼 있다면 일을 할 수 없다. 일을 해야 할 시기가 아닌데 넘치는 에너지 때문에 쏟아버리고 마는 참담함과 불편함도 그렇다. 나의 아도니스여, 곁에 있어 주오.

"제발 사라지지만 말아 줘."

신화에 관심있는 사람은 아도니스가 아네모네Anemone 꽃으로 환생했다는 것도 알고 있을 것이다. 아도니스가 미의 여신 아프로디테Aphrodite의 연인이었다는 것도, 아프로디테는 그의 딸 에로스Eros의 화살에 맞아 아도니스와 사랑에 빠졌다는 것도.

몇 년 전 나는 아네모네를 산 적 있었다. 봄이었고 꽃을 유난히 좋아하던 나는 책값도 아슬아슬하게 버텨가는 처지였지만 책값의 절반쯤 되는 꽃을 또 사들였다. 처음엔 양귀비 변형인 줄 알았다. 그로부터 다시 몇 년을 거슬러 올라가면 어느 소도시에서 양귀비꽃을 사는 한 처녀를 볼 수 있다. 얼마나 예쁜지 선물용으로 사면서도 처녀는 양귀비를 들여다보느라 넋을 반쯤 빼고 있었다. 파스텔로 하늘거리는 꽃잎하며 색깔도 여러 가지에다 입김만 호, 불어도 찢어져버릴 것 같던 얇은 꽃잎 등. 그런데 꽃집 주인이 말했다.

"꽃보다 아가씨가 더 예쁜데요."

양귀비 문양이 새겨진 화병

양귀비가 현종과 사랑에 빠져 있던 때였을 것이다. 현종이 양귀비의 목부터 치고 자살한 걸 보면 양귀비보다 현종이 더 좋아했던 것 같은데, 그렇게 보자면 현종은 사랑의 기쁨과 아픔을 알던 사람이었을 것 같다. 양귀비가 독초인 만큼 치명적으로 예쁜 대신 아네모네는 꽃대도 짧고 꽃잎도 두꺼운데 자신을 보호하려는 듯 겹쳐 피어 있다. 양다리 걸치기라고나 할까. 양귀비와 비슷하긴 해도 양귀비처럼 예쁘지 않기도 하다. 생명력은 모르겠다.

나의 치명적 결함이자 장점인 폭발력은 양귀비 같다. 독이라는 뜻을 가진 프랑스 말 '쁘아종'도 좋아하는 말인데, 마약을 한 적은 없지만 양귀비 같은 마약을 하는 심리를 이해할 수는 있을 것 같다. 나는 최근 양귀비를 본 것 같다. 아니 그녀는 양귀비 성향을 가진 아네모네이기를 내심 바란다. 한국의 옥녀들은 양귀비인가, 아네모네인가, 그녀들은 왜 양귀비여야 하는가, 아네모네여야 하는가, 궁금증은 지속되고

있다. 이 세상 모든 꽃들이 무슨 까닭으로 그렇게 많이 곱게 피어있는
지 궁금하다. 

요제프 하인쯔 〈비너스로부터 떨어지고 있는 아도니스〉

옥녀의 예정된 삭발식

헤라, 롱다리 스파이더를 만나다

　계기는 그 자체로 길이 되어가나 보다. 신화에 관심 갖게 된 나는 신화 속 여러 인물로 환생해 가기 시작했다. 소위 과학적 세계관에 근거한 담론을 교육받아온 사람으로, 과학적 근거와 논리가 없는 것들은 이해하지도 이해하려고도 하지 않는 경우가 비일비재했었다. 신비와 불가사의가 과학의 바탕을 이루고 있지만 과학적으로, 논리적으로, 인정할 수 없었다. 나는 살아있는 육체를 가진 모씨 성을 가진 모친과 역시 동일한 생명체인 모씨 성을 가진 부친의 딸이었고, 여성의 육체를 갖고 있는 사람이었기 때문이다.

　아, 방금 롱다리 스파이더가 또 나타났다. 롱다리 스파이더는 다시 또 보아도 다리가 일곱 개였다. 왜 일곱 개일까. 다리는 짝수여야 균형이 잡히지 않을까 생각하고 백과사전을 뒤지니 아니나 다를까. 거미 다리는 대부분 8개란다. 내가 붙인 이름인 롱다리 스파이더라는 명칭을 가진 거미는 물론 없다. 아니 없을 것이다. 우리나라에 사는 거미 종류만 해도 600여 종이라 하니 있을지도 모르지만 다리가 길기에 그냥 내 식대로 붙여 줬을 뿐인 '롱다리 거미'.

생명체란 끊임없이 움직이기에 눈앞에서 사라질 것을 뻔히 예견하고 사진이라도 찍어두려 하니 카메라 창에는 out of memory라는 빨간색 글씨만 찍혀 나올 뿐 셔터가 눌러지지 않는다. 밧데리 방전이란 뜻이다. DC선을 연결하려는 순간 거미는 사라지고 없어 방전된 카메라를 들고 눌러지지 않는 셔터를 서너 번 누르다 말았다.

거미는 또 나타났다. 사라진 줄 알고 충전시키지 않았는데 성급히 DC선을 연결하는 순간 롱다리는 책장 뒤로 또 숨어버렸다. 몸을 숨길 때 다리를 얼른 세어보니 확실한 일곱이다. 한 개는 책장 모서리에 떨어져 나갔을지도 모르겠다. 절지동물이라서 마디 하나 뚝 잘라 누군가에게 주었나 보다. 벽 모서리라는 생명체에게 혹은 고르지 못할지도 모를 벽지나 책장 모서리 어디쯤. 나도 누군가에게 다리 한 개 뚝 잘라 주고 싶다고 생각한다. 비록 기우뚱거리며 살지라도.

'통영약국'에서던가 '문인들의 집'에서던가. 영화 스파이더맨이 최대 히트를 몰고 올 거라는 기사거리 비슷한 정보를 흘려 놓는 사람이 있었는데, 분장을 마친 스파이더맨의 사진을 보고 많이 놀랐었다. 독거미일수록 다리엔 가시 같은 털이 쏭곳쏭곳 돋아있고, 그 끔찍한 다리 가시에 다시 작은 가시들이 쏭얼쏭얼할 게 뻔한데, 위기와 불안을 사는 나는 '스파이더맨 최대 히트 예감'이라는 글귀만 보고도 소름이 끼쳤었다. 사진은 거미줄이 칭칭 감겨 있었고 더욱이 인간의 몸이었으며 불쾌하게 뻘거죽죽한 색이기도 했었다. 그런데 이상하다. 하나도 무섭지 않은 롱다리 거미를 쳐다보며 전갈을 떠올렸다. 내가 전갈자리이기 때문일까.

전갈은 제우스Zeus가 가장 총애하는 부인 헤라Hera가 풀어놓았다. 그러나 전갈에 대해 또 다른 것을 알고 있으신가. 그녀는 거미, 사마귀와 삼두마차를 이루어 가장 냉혹한 생물로 꼽힌다. 교미가 끝나면 수놈의 피를 빨아먹어 죽일 만큼 냉혹하고, 1년 간 냉동상태에서도 깨어나면 살아 움직일 만큼 질긴 생명력도 갖고 있다. 하지만 자신의 독에는 전염이 안 되는 얌체족이기도 하다. 달리 해석하면 자신의 독으로는 자살이 안 되는 불운한 생명체이다.

그리고 거미줄은 점착성이 있는 것이 있는 반면 없는 것도 있다. 자살하지 못하는 불운한 전갈이여, 부디 한번쯤은 점착성이 있는 거미줄에 걸리기를, 자살하려거든 더욱더 그러하기를……

그런데 그녀, 책장 뒤로 사라진 롱다리 거미처럼 음흉한 미소짓는다. 음화화 陰火火 吟花花 喑化化,

그런데 그녀, 지금, 매우 쓸쓸하다.

옥녀(玉女)의 예정된 삭발식

아아, 지겹다 지겨워.

여행길에 동행한 그녀를 쓰려고 옥녀봉을 찾다 남한에 깔린 옥녀봉만 40개째 발견하고는 지쳐 있다. 머리가 띠잉 울린다. 안구와의 연결지점이라더냐 뭐라더냐 하여간 뒷머리 하단 1/3 부근을 눌러야 시원할만큼 아프다. 에잉, 그녀는 골치 아픈 존재다. 한국의 여인, 그녀 옥녀는 내 머리를 아프게 한다.

게으른 성격에 머리카락조차 귀찮아하는 나는 머리를 더 짧게 잘라볼 생각을 하다하다 결국엔 빡빡 머리에 닿았는데, 그 말을 그녀는 중이란 말과 삭발로 금방 환치시키더니, 삭발해준다고 한다. 공짜라는 다짐을 받고, 상처 내지 않겠다는 약속까지 받아두었는데, 삭발을 직접 해본 적도 있다 한다.

삭발을 확인해 두는 전화에서 그녀의 숭고한 삭발식과 나의 단순한 빡빡 머리 만들기와의 경계지점을 생각한다. 공간은 공유하고 있으나 시간은 전적으로 내 책임일 것이다. 그러나 시간조차 전적으로 내 선택만은 아니겠지. 모든 관계는 지향성만 있는 게 아니기 때문이다. 인지엔 상호성이 결부되지 않을 수 없는 것이다. 나의 단순함이 그녀에게 가서는 숭고함이 되었듯이, 나의 머리 자르기가 그녀에게 가서는 일종의 종교의식처럼 되었듯이, 나의 욕망이 그녀의 욕망을 부추키었듯이 말이다.

　부담스럽다. 귀찮은 머리카락과 아름다운 머리카락 사이에서 갈등한다. 머리카락을 잘 간수할 것이냐 그녀의 미용실력을 보고야 말 것이냐. 그런데 내가 그녀를 옥녀라 부르는 이유는 머리자르기처럼 단순한 발상에서 시작되었지만, 부분이 부분이되 부분은 전체이듯, 단순함은 단순함을 넘어 복합성에로 연결되기 때문이다. 통영은 그녀의 고향이었는데 거기엔 옥녀봉이 있었다. 그녀 삶의 자리가 곳곳에 있었다. 그리고 그녀, 한국 옥녀의 삶은 대한민국 수도 서울까지 연결되고 있었다.

　옥녀는 대부분 어여쁜 여자를 뜻한다. 선녀를 뜻하기도 한다. 한국의 딸들, 예쁘지 않은 딸이 어디 있으랴. 아름답지 않은 여자 어디 있으랴. 옥녀봉이 조선 팔도에 두루두루 있듯 옥녀도 금수강산에 반나마 차 있다. 이 여자들 어찌 다 감당하리요. 간단하고 짧은 일기가 되지 못할 것 같은 예감에 시달린다. 아, 한국여자 옥녀(玉女, 옹녀)여.

아, 나는 누구인가

그리운 포탈라 궁(宮)이여

　원래는 스님을 만나러 갈 계획이었다. 중국이냐 스님이냐를 놓고 저울질했는데 저울의 여신 아스트라이아Astraea는 묵묵부답이었다. 그럴 만 했다. 세상이 창조되어 청동의 시대로 접어들자, 사람들은 사악해져 서로 미워하고 전쟁을 일삼았는데, 신들은 그런 지상을 떠나기 시작했고, 마지막까지 인간을 교화시키려던 정의의 여신 아스트라이아도 마침내 세상을 떠나고 만 것이다.

　다시 헤라Hera를 말해야겠다. 결혼과 출산의 여신 어머니 헤라가 오만한 오리온Orion을 겁주기 위해 스콜피오Scorpion를 보냈다. 스콜피오가 누구냐고? 나, 시지프다. 그러니까 시지프가 스콜피오라는 뜻이다.

티벳의 포탈라 궁(宮) 전경

일전에 아스트라이아 두 분께서 나를 반가이 맞아 주신 일이 있다. 나는 그 때 실수를 했었다. 음, 내 집게발 오셨군요. 아, 무슨 거만함이란 말이냐. 사실은 내가 아기집을 가진 여자임을 알리고 싶었는데 그것이 여과과정이 없다 보니 혜성과 같은 그 분들을 내 집게발이라 깔아뭉겠던 것이다. 용서하시라. 천칭자리 혜성님들.

아, 내 엄마 닉스Nyx를 다시 만나고 싶다. 청정계곡의 맑은 밤하늘을 말이다. 새벽 두시에 서울을 출발해 닉스에 도착한 것은 이튿날 새벽 두 시 경이었는데 닉스를 만난 순간을 기억하려니 다시 또 가슴이 벅차다.

산은 어둡고 고요했다. 산 아래를 바라보다 어둠에 묻힌 계곡이 모습을 드러내지 않자 산 위쪽을 보았는데, 거기 내 엄마 닉스가 산봉우리 하나를 안고 있었다. 닉스는 말했다.

"내 딸 시지프야,"

단지 그 말밖엔 하지 않았다. 내가 너무 놀랐기 때문일 것이다. 눈을 두리번거리며 옮기고 있는데 내 전생의 집도 근처에 있었던 것이다. 그러니까 나는 엄마 얼굴을 보기 이전에 그 집을 먼저 보았던 것이다. 티벳의 포탈라가 고적하게 그러나 성성하게 그 자리에 서 있었던 것이다.

티벳이 왜 시지프의 전생지냐고는 묻지 마시라. 이승의 삶이 까닭 없듯 전생 또한 마찬가지니. 아쉬운 건 스님의 포탈라를 사진에 담아오지 못했다는 것이다. 계곡 가득한 산딸기를 따먹고, 낮잠을 자고, 배터지게 먹고, 또 잠을 자고, 온갖 새소리를 들으며, 이웃 암자도 가고, 법당에도 올라가고, 법당의 앞마당이자 포탈라궁의 옥상에서 계곡과 산 정상을 쳐다보느라 카메라 따위는 잊고 있었던 것이다. 아, 그리운 포탈라여!

나는 누구인가

엉덩이가 무거운 시지프는 가면 오고 싶지 않고 오면 가고 싶지 않다.

지난 번 여행이 그랬으며 지지난 번 여행도 그랬다. 그러나 늘 꿈꾼다. 이 곳을 떠나기를, 다른 곳에 머물기를. 하여, 나고 듦이 충동적일 때가 많다. 그 사실을 증명하기라도 하듯 시지프의 여고생활기록부에는 그런 말이 써 있다.

"모험심이 많으며……."

한 시절 그렇게 눌러 살다가도 바람신이 부르면 지치고 쓰러질 때까지 제프로스Jefros를 따라 떠돌아다니는 게 그녀의 한 특성이기도 하다. 그래서인지 나는 "팔색조"라 불리기도 한다. 변덕이 한 겹에서 여덟 겹까지 피어서 팔색조인데, 빨강, 하양, 보라의 다채로운 색깔은 매력이 아닐 수 없다. 증명이라도 하듯 시지프의 여고시절 생활기록부에는 다음과 같은 말이 쓰여 있다.

"매우 호감이 가며……."

시지프는 한 때 꽃의 여왕 플로라Flora의 시녀였다. 그런데 그녀를 사랑한 바람신 제프로스가 플로라의 남편이었다는 게 문제였다. 고향집에 대한 시지프의 기억은 늘 창 밖을 바라보고 있었다는 것인데, 그녀를 시기한 플로라가 시지프를 포모느Formone의 궁전으로 보내버렸다. 세인들은 시지프를 '사랑의 괴로움' 이라 부른다. 기억은 고통스럽다. 몇 백 개의 방이 있는 큰집이었지만 오직 한 방에서 오직 창 밖만 바라보고 있었던 것이다.

　한번도 문 밖을 나가지 않았던 답답한 시지프, 닫힌 창으로 제프로스를 만날 수 없었던 건 당연하다. 지금이나 그 때나 내 방은 외로움이 햇빛이고 햇볕은 땡볕이다. 바람이 있으되 바람이 없는 무풍지대. 사랑이 있으되 사랑이 없는 무사랑 지대.

　아주 먼먼 훗날 시지프는 한 개의 소설을 쓰게 된다. 소설의 제목은 「하삐 깐뜨리」인데 happy country의 아프리카식 발음인 「하삐 깐뜨리」의 주인공은 아프리카의 위도 0도인 무풍지대 속에 잠적해 버린 뒤 소식을 알 수 없다.

　삶은 끝없는 기다림이다. 전생에서의 기다림도 모자라 이생까지도 갖고 오는 그리움과 기다림. 사랑은 얼마나 무서운 그리움인가. 얼마나 처절한 기다림인가. 꿈에서 가끔 노인을 본 건 이상하다. 허리가 구부러지고 수염이 허연 노인은 왼쪽으로 난 계단을 쓸고 있었는데 내 방에서 계단은 보이지 않았다. 그러나 볼 수 있었다. 장자 이르기를, 꿈에 나비를 보았는지 나비인 자신이 인간 장자를 보았는지 모른다 했는데, 보이는 것만이 진실은 아닌 것이다.

　그는 내게 꽃을 주었던 견우노인일까. 죽음을 무릅쓰고 바위산을 올라가 수줍은 얼굴로 진달래를 내밀던 견우남자였을까. 그럼 난 수로부인이었을까. 김수로의 부인이었을까. 직녀였을까. 공교롭게도 이승의 나는 김수로의 딸이기도 하다. 그러면 시지프는 아네모네였다가 수로부인이었다가 수로의 딸이었다가 직녀였다가? 아 어지럽다. 번민에 시달리는 시지프.

나는 사랑의 괴로움인가.
덧없는 사랑인가.
팔색 무지개인가.
바람신의 사랑을 받은 구름인가 비(눈물)인가.
그럼 난 우주였는지도 몰라.

늘 사랑을 꿈꾸는 생애

시지프의 알려지지 않은 생애

시지프가 비극적 인간임을 모르는 사람은 없을 것이다. 머리 위의 바윗돌을 끊임없이 올려야 하는 숙명을 가진 그 자 말이다. 그러나 그건 그의 사후 세계일 뿐이다. 살아 생전 시지프는 결혼을 했던 사람이었다. 적당한 교활함을 갖춘 그는 신을 엿듣기 좋아했기에 그들이 용서하는 것이 무엇인지도 잘 알았다. 그렇기에 자신의 죽음을 슬퍼할 아내를 위로한다는 변명으로 신들을 속일 수도 있었다. 우스운 것은 신들의 윤리와 인간의 윤리는 크게 다르지 않다는 것이다. 아내를 위한다는 명분이 통하다니. 훗~

그런데 시지프는 신들과의 약속을 지키지 않았다. 아내에게 가는 길은 저승길로 향하는 지름길이었기 때문이다. 정직함은 귀떨어진 신짝 같은 것이다. 삶에 있어 정직함이 다 무어란 말이냐. 오직 생명만이 중요했던 걸. 그런데 흥미로운 것은 약속을 저버리고 한 평생 잘 살았다는 시지프의 생애가 시지프 해부학 교과서에는 들어있지 않다는 점이다.

누가 알려지지 않은 시지프의 생애를 알고 있는가. 나는 그것이 궁금하다. 타자의 일상과 생각이 궁금하다. 자꾸 들여다보고 싶다. 타자의 율법은 신의 율법 같은 게 아닐까. 그것을 엿보았거나 엿보고 계속해서 엿보려는 나는 태어날 때부터 천형의 시지프였다는 말인가. 그럼 나는 사후세계를 살고 있음? 그러면 이승과 저승은 동일한 개념? 삶과 죽음 또한 동일의미? 그런데 왜 신화는 이승과 저승을 명백히 구분해 놓았을까. 약속을 어긴 벌을 감연히 내렸던 것일까.

내가 내린 답은 이렇다. 필요성 때문에 구분한다. 왜 구분하는가? 의미부여를 위해서다. 의미부여는 왜 하는가? 의미가 곧 삶이기 때문이다. 여기서 유의할 점은 구분한다고 전체가 손상되는 일은 없다는 점이다. 부분과 전체의 의미는 동일하다. 다만 구분하는 자에게 의미가 있고 전체를 보려는 자에게 전체가 보일 뿐이다.

무서운 것은 약속을 저버림이다. 약속이란 관계이기 때문이다. 관계를 저버릴 때 지옥으로 떨어진다. 좀 단순하고 좀 더 넓게 볼까. 모든 관계를 저버릴 때 죽음에 드는 것이다. 가족과의 관계, 호흡과의 관계를 저버릴 때 몸은 죽는 것이다. 그러므로 죽지 않고 살아 있는 몸 자체가 황홀경이다. 비극적 운명을 갖고 태어났다 할지라도 말이다. 자, 한 평생 잘 살아 황홀경에 들어보자. 시지프의 알려지지 않은 생애는 각자의 삶이다.

그대 찾기의 삶

5월 초 어느 날 일기장엔 이렇게 써있다.

알았다 싶음 미명에 빠지고
미명을 벗어났다 싶음
다시 또 깊은 안개에 쌓인
너는 안개 덮인 산인가
구름 깊은 하늘인가
나 오늘도 농무에 쌓인
내 꼬라지 발견하고
휘파람새처럼 외로워진다.

모든 사랑은 첫사랑이라 했나. 내겐 특별한 경험이 하나 있다. 첫사랑 같은 것일지도 모르겠다. 사랑에 관한 명제가 한둘이랴만 주워들었던 말 중 하나 섬겨보자면 이렇다. 모든 사람이 그 사람으로 보인다. 그러니까 모든 사람의 압축파일이 내 사랑 그대인 것이다. 그러니 압축파일을 풀어놓으면 얼마나 어지럽겠는가. 수많은 사람, 다양한 느낌, 사

휘파람새는 야행성으로, 어두워질 무렵부터 밤새도록 먹이를 찾아다니는 게 특징이다.

랑은 그 사람을 넘어 모든 사람이고 나의 전부인 것이다.

나이 들어 무슨 사랑타령이냐 비웃지 마라. 시지프의 조모는 17세에 15세의 어여쁜 신랑을 맞았다. 할머니 고희를 넘기신 연세에 그런 말을 했는데 웃지 못했다. 무슨 말씀인가 듣다가 웃음을 터트렸는데 할머니 이러셨다.

"애고 야야 웃지 마라. 몸은 이래도 마음은 열입곱살이다."

할머니가 되어도 푸른 청춘이다. 삶 전체가 늘 푸르다. 몸만 두고 달아나는 세월은 어찌할 수 없다. 푸른 청춘은 무엇을 탓하지 않는다. 푸

르지 못함을 탓할 뿐. 내 연인 그대도 늘 푸른 청춘이었다. 나와 더불어
그 때 그 웃음자리 그대로인 시계다.

　내 연인 사라진 후 다가오는 모든 사람 모두 그대였다. 기쁜 노래 들
으면 그대보다 기뻤고 슬픈 노래 들으면 그대보다 더 슬펐다. 그대를
향한 모든 숫자는 그대였다. 내게 다가오는 모든 글씨는 그대였으며
다른 이름을 갖고 있는 모든 다른 사람마저 그대였다. 에리히 프롬의
말에 '너를 통하여 세상을 사랑하게 되고' 라는 말이 있다. 나는 그대를
통하여 세상 모든 것을 사랑하고 있었다. 그러나 대상이 없는 사랑은
외롭지만 대상이 있는 사랑은 쓸쓸하다더라. 나의 그대는 있었으나 없
으니 내 사랑은 외롭고도 쓸쓸한 사랑이더라.

　사랑하는 사람 갖지 못한 사람 없을 테니 인간은 외롭고 쓸쓸할 수밖
에. 시지프의 돌 올리기는 그대라는 주제와 한 평생 같이 사는 것, 살아
서도 죽어서도 그대와 함께 사는 것. 사랑이 고통임을 누가 부인하랴.
삶이 사랑인 걸, 사랑이 삶인 걸.

오르페우스, 문학의 집

오르페우스Orpheus들의 모임이 있었다. 내노라하는 문인들과 무명의 꽃들이 함께 한 자리였는데 밥집에서의 술먹기에다 말 깨나 하는 인간들이 다 모였으니 얼마나 시끄러웠겠는가는 짐작하시리라. 그런데 소란스러움을 다 깬 소리 하나 들렸으니 유명 시인 하나가 막 탄생시킨 자작시를 낭송하는 소리였다. 첨엔 뭔 소린가 했다. 그런데 호주머니에서 꼬깃꼬깃 접은 종이 한 장을 꺼내더니 시를 읊고 있는 게 아닌가. 그 시인의 다른 시와는 달리 꽤 긴 길이였는데 다들 제 소리 하기 바빠 제목 같은 건 듣지 못했지만 점차 고요해 가는 밥집 사람들은 그가 '오르페우스의 집'을 노래한다는 것을 알게 되었다.

가난해서 아름다울 수 있고 좁아서 정겨울 수 있는 집은 '문학의 집' 밖에 없을지도 모른다. 성스러운 종교조차도 신의 계명을 빙자해 인간을 살육하지만 문학은 그렇지 않다. 시인의 노래는 좁고 시끄러운 밥집마저 빛나게 아름답게 만든다.

이후, 집을 노래한 문학이 늘어난 일은 반가와 할 일만은 아니다. 너도나도 사적인 집에 대해 말하기 시작했다. 이전엔 국가나 민족 혹은 사회라는 다소 큰 공공의 집과 열린 집을 노래했다면 이후엔 권태와 한가로움의 집, 느림의 집, 닫힌 집의 안정과 즐거움에 대해서 말하기 시작했다. 한동안 한국 문단은 그런 집들에 매료당해갔다. 그렇게 오르페우스들은 서서히 닫힌 문이 되어 갔고, 열린 장소에 모이기보다는 조용하고 편안한 자기 집에서 '집'을 노래하기를 좋아했다.

집이 있다는 것은 집이 없다는 개념을 상정할 수 있고 고향을 그리워함은 고향 밖에 있다는 의미이다. 시지프, 가끔 고향이 그리운 것은 오르페우스들, 그 문인들 때문이다. 오늘을 사는 문인 오르페우스는 시지프의 영혼을 구제할 수 있는가. 오늘을 사는 인간들은 문학과 예술이라는 오르페우스로부터 구원받기를 바라는가.

일설에 의하면 오르페우스는 원래 지하세계의 신이었다고 한다. 오르페우스란 이름의 뜻은 '어두움의 행위자'란 뜻으로 '어두운, 밤'을 뜻하는 낱말 'orphne'에서 왔다고 하며, 이 낱말은 영어의 'orphan' 즉 '고아孤兒'의 어원이기도 하다. 그의 아버지 이름 오이아그로스는 '밤의 사냥꾼'이라는 뜻으로 저승 사자를 상징하고 오르페우스의 할아버지 이름 카롭스Charops 역시 '지하세계의 지배자'라는 뜻이며 '아그리

오른쪽 빨강 망토를 두른 이가 오르페우스

오페Agriope' 라는 오르페우스의 어머니조차 '적의에 찬 눈초리' 라는 뜻으로, 역시 죽음을 암시한다고 하는데, 오르페우스의 탄생이 그리도 어둡고 비극적인 배경을 갖고 있지만, 그의 노래는 지상 세계의 모든 생명체는 물론이요, 지하 세계의 고통받는 영혼들까지 구원했으니, 오르페우스 즉 문학과 예술의 위대함은 일러 무삼하리요인 것이다.

물이 말라 가는 낙동강이었지만 강 언덕 잡풀이 우거진 흙길에 좀 더 머물걸 그랬나 보다. 비현실적으로 아름다웠던 잡풀과 비현실적인 흙길은 잠시나마 유토피아 그 자체였다. 강가엔 '향' 이라는 장미여관도 있었는데 나는 왜 '향' 에 들지 못하고 현실적으로 잡풀을 뽑아낸 자리, 현실적으로 닫힌 문을 가진 매우 현실적인 콘크리트 집에서 가쁜 숨을 몰아쉬고 있나.

가련한 시지프, 문학적 구원이 필요하다.
어디 계시나이까. 오르페우스여, 문학의 집이여.

정신분열 or 변신

시지프는 꼼짝없는 에너지체입니다. 다시 말해 생명체 즉, 먹고 일하고 놀고 잠을 자야 하는 살아있는 생물이란 말이지요. 인간만이 가졌다는 의식이란 놈이 가끔 불편합니다. 시지프는 사회적 제 관계의 총체거든요.

어려운 말은 잠깐 접고요. 제가 교배종 개 시추Shih Tzu가 된 의미나 한 번 살펴볼까 합니다. 애완견 시추가 원래는 티벳의 학문의 신인 마우리주스의 손에 들려 있던 '라마압스'였던 건 아실 테구요. 그것이 중국황제의 손에 들어가 '시추'라는 교배종 개가 되었는데요.

저는 정신분열을 겪을 때가 있었습니다. 특히 사랑에 빠졌을 때는 모든 사람이 다 '그대'로 보였거든요. 그런데 지금까지는 유명 신으로 거

듭난 제 모습을 살펴보았지만
여기서 잠깐 인면수심으로 돌
아가 볼까 합니다. 인간의 탈을
쓰고 짐승짓하는 시지프로요.
끔찍하십니까? 하지만 끔찍할
만큼 인간의 탈을 벗어야 비로
소 짐승이 될 수 있을 겁니다. 다
시 말해 언어를 사용하는 인간
의 허위성(즉 언어 = 허위)을 벗
어야 본능적 소리를 내는 짐승
으로 돌아갈 수 있겠죠. 수성을
상실한 인간은 수성보다는 신
성이 더 많아지지 않았나 하는
게 오늘의 시지프의 생각이기
도 해서요.

애완견 시추

　가뿐합니다. 시지프가 짐승이 될 때도 있다 생각하니까요. 사실 짐승
되는 거 어려운 일만은 아닌 것 같아요. 남들이 '개년!' 하고 부르면,
'내가 개로구나' 생각하면 되고, '바퀴벌레 한 쌍이야', 라고 간질이
면, '아 내가 바퀴벌레구나' 생각하면 그만이잖아요. 그런데 '바퀴벌
레 한 쌍이야',라고 불릴 일이 없군요. 적어도 지금 이 순간에는요.

　그건 그렇고요. 질문 하나 드릴게요. 종에는 순종이 더 많을까요, 잡종이 더 많을까요? 자료 찾아본 적은 없지만 잡종이 더 많을 겁니다. 시지프만 해도 김수로왕의 자손인데 할머니가 인도인이라잖아요. 허씨 성을 가진 황옥이라는 이름을 가진 분요. 다른 설도 있지만 그 다른 설에 비추어 보아도 그녀는 한반도인이 아닌 게 맞을 거예요. 그래서 저는 인도도 내 땅이거니 생각할 때가 많답니다. 따져보자면 니 땅 내 땅이 어딨습니까. 국경, 국가는 통치의 필요성으로 구분한 개념이지 땅에 경계가 어디 있겠습니까. 제 말이 틀립니까? 맞죠?

엄마에 대해서도 생각해 봅시다. 왜냐면 저는 울 아빠가 과연 울 아빠인지 의심스러울 때가 많거든요. 그걸 왜 의심하냐구요? 울 아빠라는 사람은 울 엄마랑 다정하게 한 집 한 방에서 살고 계시지만 모르는 일이잖아요. 확실한 건 울 엄마가 날 낳았다는 것밖에. 엄마가 아기집을 가졌지 아빠가 가진 건 아니잖아요. 아빠의 말은 거짓말일지도 모르고요. 그럼 엄마의 말은 어떻게 믿냐고요? 엄마는 직접 경험을 했잖아요. 모년 모월 모일 모시에 너를 낳을 적에 얼마나 졸리던지, 배앓이에, 벽장에 동동 매달리면서도 얼마나 깜빡깜빡 졸리던지 니 할머니 애고 야야, 애 낳다 자는 여자가 어딨냐, 애고 야야 잠깨라, 했다는데, 그래서 시지프가 잠도 많은 지는 모르겠습니다만, 하여간 그건 그렇고.

시지프를 낳은 엄마의 경험은 말이 되어 전해졌고(구전) 기억으로 보존되었고(DNA), 기록으로 남아 있고(문학), 증인도 있고(사회성), 괄호 부분 맞나 모르겠습니다. 기억력 좋지 못한 시지프는 태어날 당시는 기억 못합니다. 그런데 구전도 믿을 수 없고, 기록은 허위기록이 많을

테니 더 믿을 수 없고, 도대체 세상엔 믿지 못할 것 투성이라니까요. 그
런데 이상하게 시지프의 얼굴은 아빠를 더 닮아 있어요. 에고 엄마 닮
았음 미스코리아 뺨치는 건데.

늘 푸른 처녀 마리아

시지프의 큰 엄마 테미스Themis는 정의의 여신이라 불렸으나 대지의 여신 가이아Gaia의 딸이기도 했다. 비가 오고 바람이 불던 어느 날 배씨 부인 테미스를 떠올릴 수 밖에 없었다. 비가 오려면 하늘은 한껏 눈물을 머금어 흐린 얼굴이 되고 만다. 그런데 그 날은 눈물을 머금기 전부터 꺼멓게 변해버리는 얼굴이었다.

딱, 따귀 때리는 소리가 들렸다. 순간적으로 내 뺨을 만진다. 열린 창을 통해 밖을 내다보려니 번갯불이 번쩍 번쩍거린다. 뺨을 맞은 것처럼 아리고 아프다. 지은 죄가 뭐였더라. 생각나지 않는다. 나는 벌벌 떨며 몸을 웅크리고 눈을 감고 귀를 닫아버렸다. 뚜렷이 생각나는 죄는 없지만 지은 죄 너무 많은 것 같다. 번개는 다시 몇 번을 더 때리더니 사라졌다. 이윽고 하늘은 눈물콧물 다 쏟아냈다. 나는 안심 또 안심, 눈물

대지의 여신 가이아

콧물 다 흘리고 나면 왠지 모르게 개운해진다.

　비는 생각보다 금방 그쳤고 하늘은 또 맑아지고 있었다. 울 엄마 테미스는 나 모이라이Moirai를 낳았지만 어제는 일을 하지 않았던 것이다. 내 일은 실을 잣거나 짜는 일, 그러나 작은 엄마 닉스Nyx를 그리워하느라 혼돈 속에 빠져 있었던 것이다. 배씨 부인 테미스는 보지 않고도 다 본다. 사랑이란 그런 것이다. 보지 않고도 느낄 수 있는 것이다.

　그런데 테미스의 딸인 시지프는 정의를 저버리고 세지도 못할 수많은 죄를 지었으며, 편향적 사고를 했고, 편식을 하느라 부서진 이빨도 치료하지 않고 방치해 두고 있었다. 테미스가 주신 이빨에 대해 얼마나 정의롭지 못한 것이냐. 이빨은 벌레라는 불의와 싸우고 있는데 이빨의 몸주인 나는 내버려두고 관망만 하고 있었던 것이다. 배신의 죄는 무서웠다. 번개가 이는 한낮은 무서웠다. 여름이 가까워올수록 번개가 잦을텐데 빨리 치과를 가야 한다. 아님 장마철이 오기 전에 배씨 부인을 직접 찾아뵙든지. 그러면 아나, 죄가 좀 사해질지. 히히.

나를 낳은 테미스 혹은 대지의 여신이여, 이 땅 모든 불의가 나와 상관없는 양 시침떼고 있었는데, 당신의 딸임을 잊지 않게 해 주소서. 보다 정의로운 신딸이 될 수 있기를. 그리고 이실직고 할께요. 제가 무슨 생각을 하고 있었던가를. 저는 아마도 시저를 그리워했던 모양입니다.

배씨 부인 테미스에게 드리는 고백

빠르면 5일 늦으면 7일 간격인가 보다. 내가 집 밖을 나가는 기간이다. 길은 똑같다. 바닥이 움푹움푹 패인 계단을 내려 왼 쪽으로 꺾는다. 열 걸음쯤 걸어 다시 왼쪽으로 가면 오동나무 비슷한 큰 나무가 오른쪽에 있고 왼쪽엔 아동용 자전거가 몇 년 째 그대로 놓여 있다. 오동나

배씨 부인 테미스

무 비슷한 나무에서는 징그러운 꽃이 핀다. 나무 아래서는 잘 보이지 않아도 5층 베란다에서는 잘 보인다. 하늘을 향한 꽃수술인지 열매인지 모를 그 거시기는 봄에만 볼 수 있다.

자전거 옆엔 헌 옷을 담을 수 있는 둥그런 플라스틱 통이 위아래로 맞물려 자물쇠가 채워져 있는데 대부분의 걸음은 그런 것들을 그냥 지나친다.

세탁소 옆으로 구멍가게가 있고 구멍가게 앞에는 더러운 아이들 몇이 전자오락을 하고 있다. 빵집을 돌아서면 통닭 집과 분식 집이 있고 그 옆으로 책방이 있다. 나는 책방을 두 세 번 들어가 보았었다. 새 책도 팔고 헌 책도 팔지만 헌 책은 빌려주기도 한다. 책을 빌려보는 걸 좋아하지도 않지만 빌려볼 만한 책도 없어서 두 번은 그냥 나왔고 한 번은 누군가 권한 책을 급히 보기 위해 들어가 보았다. 정가를 다 받는 오프라인 서점에서 책을 사지 않은 지 오래다.

건너 편 상가 지하수퍼로 가서 감자와 콩나물을 산다. 감자와 콩나물은 내가 사철 애용하는 식품이다. 노랑색 포장을 한 커피믹스를 집고 나면 왔던 길을 되짚어온다. 빵집과 세탁소 사이에 낀 구멍가게에서 기호식품 하나를 더 사는데 그러면 그게 나의 5~7일만의 외출의 끝이다.

기호식품이 떨어져 야밤에 외출할 때도 있다. 그 땐 길이 다르다. 아파트 상가는 문을 빨리 닫기 때문에 아파트 단지 건너편으로 가지 않으면 안 된다. 다행히 단지 건너편엔 구민의 20대들이 다 모인다 할 만큼 번쩍거리는 상가가 밀집돼 있어 어두워서 무섭거나 보행자가 없어 무서울 일은 없다.

그 쪽과 아파트가 있는 이 쪽과는 너무 다른 풍경인데 올 봄엔가 보았던 장면 하나는 아직도 아릿하다. 겨울이 다 가지 않아도 처녀들은 설렌다. 봄기운이 꽃 같은 그녀들을 가만 놔둘 리 없는 것이다. 두껍고 칙칙한 겨울옷들 사이로 밝고 화사한 옷이 걸어가고 있다면 그녀는 틀림없이 애인이 있거나 애인이 없는 처녀다.

시저의 애인 같은 처녀와 시저의 누이 같은 처녀가 소프라노로 봄밤을 짖고 있었다. 시저의 누이가 시저의 애인의 뺨을 올려붙였다. 그녀는 누이가 뺨을 올려붙이기 전부터 눈물을 글썽이고 있었는데 밤의 네온불이 시저 애인의 눈물 속에 빛나며 소프라노로 울부짖고 있었다. 스핑크스Sphinx 머리모양을 한 시저의 누이는 콧날이 날카롭고 눈이 초롱초롱한 여자였다. 구두굽이 높은 그녀의 오른 팔이 뺨을 올려붙인 뒤 제자리에 놓였다. 역시 구두굽이 높고 눈이 그윽한 애인의 소프라노가 들리는가 싶더니 스핑크스의 오른 팔은 또 올라갔다.

찰떡! 처녀!
뺨을 때리는 소리가 그렇게 들렸던 것 같다.

어머니, 어머니 딸 시지프는 시간의 무게를 견디기 힘듭니다. 뺨을 때리는 소리가 찰싹! 이 아니고 딱 들어맞게 찰진 소리 찰떡! 하고 들렸던 것은 시지프가 시간의 무게를 견디지 못한 까닭입니다. 천둥소리가 나자 번개처럼 엄마얼굴 떠올랐습니다. 어머니 딸 시지프는 늙어 가는데 울 엄마 당신은 늘 젊기만 하십니다. 그래서 어머니 당신은 늘 처녀 마리아이신가 봅니다.

그리움 그대로 내버려 둘 밖에

예감은 언제 어느 때든 찾아온다. 큰 엄마 테미스Themis는 제우스Zeus의 첫째 부인이기도 하고 둘째 부인이기도 한데, 둘째 부인이라 말하는 사람들은 테미스에게도 제우스는 두 번째 남편이었다 주장한다. 그런데 제우스의 첫부인일 때 그녀는 프로메테우스Prometheus를 낳았다. 예언 능력이 있는 첫 아들 프로메테우스는 역시 예언 능력이 있던 테미스의 첫 아들이었다.

그런데 호적에 올라있지 않은 시지프는 그녀의 딸 다시 말해 나, 고원석제연도 정확히 예언하셨다. 검은 밤 닉스Nyx에 자신의 딸이 심하게 동요되고 있었음을 먼저 아셨던 거다.

동요란 아스라한 기억의 아련함부터 가슴 떨리는 흥분, 그리고 심장

〈쇠사슬에 묶인 프로메테우스〉 크리스티안 그리펜컬

뛰는 소리가 자신의 귀에 들릴 정도까지 다양하고 크다. 분위기에 동
요될 수도 있고, 모르게 찾아온 생각에 동요될 수도 있고, 풀잎 하나의
소곤거림에도, 심지어 사소한 벌레 한 마리의 움직임에도 그렇다.

　근원을 찾으려 하면 어디엔가 그것은 있을 것이다. 하지만 근원 찾기
란 보통 힘든 것이 아니어서 고개 한 번 저어버리는 것으로 근원을 떨
어내기도 하고, 다른 일을 시작함으로써 기억의 저 쪽으로 밀어놓은
경우도 허다하다. 시지프는 마음 깊은 곳 어디쯤에서 또 다른 자아를
만날 때가 있다. 그런데 그것은 대부분 외떨어진 자아가 아니라 여러
정황들과 겹쳐 있다. 그럴 땐 지난 시간을 아쉬워하기도 하고 과거 지
혜 없었음을 탓하기도 하는데 게으름의 반성도 그중 하나이다.

나는 고장난 수도꼭지에서 공포를 느꼈고 나를 째리는 바퀴벌레를 검은black 눈eye 전체로 착각했었다. 바퀴벌레를 때려잡는 손과 도구로서의 책이 또 다른 공포를 불러왔음도 알고 있다. 책에서 공포를 느낄 일은 없으나 그 책엔 공교롭게도 좋아하는 사람의 얼굴이 있었고 그 얼굴로 누군가를 죽였던 것이다. 공포의 근원 따위는 그만 두고 하필 무엇을 이용해 내 욕망을 달성했다는 점이 두고두고 시원찮지만 사정은 이러하다.

집을 나가기 전부터 고장나 있었다. 물이 쉬쉬 새는 수도꼭지는 더 이상 잠가지지 않았다. 외출 시간이 가까워 왔지만 다행히 수도꼭지는 화장실에 있어서 물이 넘칠 걱정은 하지 않아도 되었다.

집에 돌아온 시각은 한밤중이었다. 어둠으로 웅크린 낡은 집 어디선가 치키치카 이닦는 소리가 들렸다. 바퀴벌레처럼 등을 구부려 소리나는 곳을 따라가 보니 화장실이었다. 쉬쉬 소리내던 수도꼭지는 더 고장이 나서 아예 이빨 닦는 소리를 내고 있었던 것이다.

하루가 지나고 고쳤다. 열 몇 개의 직업을 동시에 갖고 있는 종합보수집 아저씨는 1분도 안 되어 고장난 수도꼭지를 고쳐냈는데 화장실에서 나오는 손에는 해머 같은 게 들려 있었다.

이후 저녁, 화장실에 앉아 있으려니 검고 불쾌한 눈빛이 나를 째려보는 게 느껴졌다. 상대는 생각보다 큰 눈을 갖고 있었다. 몸 전체가 눈으로 보이는 제법 큰 벌레였다. 생김새로 보아서는 바퀴벌레 같았다. 저 놈을 어쩐다, 내버려두자, 때려죽이자, 갈등이 일었다. 녀석은 몸집에 비해 너무 작은 다리를 꼼지락거리고 있었다.

죽이기로 했다. 파리 같은 몸을 불쾌하게 그것도 내 앞에서 꼼지락거리다니. 화장실 바로 앞엔 처치하지 못한 책장이 있고, 거기엔 책이 가득 꽂혀 있다. 세로로 선 책 위에 다시 가로로 누운 책, 손에 잡힌 책은 미셀 푸코였다. 미국식 이름을 가진 어떤 외국인이 푸코와 대담한 내용을 책으로 냈다 쓰여 있었다. 좋아하는 사람이 실린 책이었지만 벌레가 재빨리 도망가거나 아예 발가락 불쾌하게 꼼지락거릴지도 모르니 다른 책을 집을 여유가 없었다.

겨냥은 정확했다. 그런데 놈을 떨어뜨린 자리에 미셀 푸코도 떨어져버렸다. 겁에 질린 손이 책을 놓친 것이다. 바들거리는 손으로 책을 눌렀다. 책 밑에 깔린 녀석이 살아서 꼼지락거리면 안되었다. 확인사살을 하는 내 손가락은 사정없이 바들거렸다. 눈까지 감고 책을 집어드니 크고 검은 눈big and black eye은 흑백의 분사물로 작살나 있었다.

문제는 책이었다. 책 뒷면에 미셀 푸코가 이빨을 드러내고 활짝 웃고 있는 것이었다. 지식과 권력과 광기와 언어와 고고학과 에이즈 등 그를 뜻하는 여러 단어들이 떠오르는데 사진이 잘못 나왔는지 사르트르처럼 왼쪽 눈이 사시로 찍혀 있는 게 아닌가. 안경 속에 든 흑백의 눈알은 흰자위가 절반이었다. 오른쪽 눈은 검은 눈동자가 중앙에 있었던

데 비하여 왼쪽 눈은 검은 자가 비
대칭으로 왼쪽으로 돌아가 있었
던 것이다.

그러니까 나는 낮day과 대비되
는 밤night 전체를 검고black 큰big
하나의 눈eye으로 느꼈던 것이다.
밤이라는 우주의 혹은 자연의 한
리듬 현상을 가로 5센티 세로 3센
티도 못되는 내 작은 눈으로 보았
고 만났던 것인데, 믿을 수 있겠는

미셸 푸코의 웃는 이, 그리고 사시.

가. 이 거짓말을.

알 수 있을 것 같다. 왜 눈을 일러 마음의 창이라 했는가를. 나는 마음
으로 보고 느꼈던 것이다. 시지프의 마음이 밤이라는 우주 전체 혹은
자연의 리듬을 내 자아 그대로 느끼고 만났다는 말이다. 그러니 마음
은 자연이나 우주처럼 넓기도 할 테지만 정말로는 종지만 한 건지도
알 수 없는 것이다. 밤하늘 닉스에 그리 매료되어 살 일만도 아니나 그
또한 마음에 달린 일, 문제는 내 마음 내 맘대로 조절하지 못한다는 점
이다. 그래서 밤하늘과 밤하늘 같은 눈빛들 생각나면 생각나는 대로
그리우면 그리운 대로 놓아둔다.

한편 생각하면 닉스를 만나지 않아도 닉스는 벌써 나와 함께 살고 있

었다. 한번 매혹된 마음은 그것이 미혹이라도 어떻게 하기 힘들다. 학문에 매료되어 진정한 학문을 몸으로 직접 실천하겠다고 에이즈라는 병을 불러 자살하고 만, 한 때는 내 애인이었던 미셀 푸코의 웃는 이빨, 그 사시, 생각나면 생각난 대로 그리우면 그리운 대로 내버려 둘 밖에.

닉스의 또 다른 이름은 혼돈이었다. 닉스는 맑은 밤하늘을 뜻할 뿐 아니라 카오스의 다른 이름이기도 했으니 바보 시지프는 오늘도 카오스의 그늘을 벗어날 수 없는 것이다. 그것은 애초부터 가능하지 않은 일

이었다. 하여 생각나면 생각난 대로 그리우면 그리운 대로 내버려둘 밖에. 🍃

시지프 별

　하늘택시가 나타났다. 커피물을 끓이던 중인데 헬기가 불빛을 깜박이며 신호를 보낸다. 좁고 외로운 내 방이지만 나도 동종의 생물과 기쁨을 나누고 싶다. 그런데 단숨에 나를 태운 헬기는 점보 여객선처럼 커져 어느 새 태평양 상공을 날고 있다. 대양이 보이는가 싶더니 벌써 외계 공항이다. 트랩을 내리자 마중 나온 외계인이 익숙한 표정으로 나를 맞는다. 반갑지만 웃을 수 없는 나는 그와 얼굴을 비빈다.

　가슴을 맞대고 뺨을 비비자 사람의 체온이 느껴진다. 이상하지 않다. 그러자 들고 있던 수트케이스는 땅에 떨어진다. 팔로 그를 안은 까닭이다. 놀라고는 있지만 그는 더 좁게 가슴을 모은다. 더 가까이 안으려는 까닭이다. 그의 눈을 바라보고 싶지만 눈을 뜨고 싶지 않다. 더 가까이 체온을 느끼고 싶은 까닭이다.

사람들은 떠나고 헬기도 제자리로 이동되고 각국에서 날아든 항공기들조차 격납고에 들어간다. 이윽고 관제탑의 불이 꺼지고 활주로마저 텅 비었을 때 두 외계인의 모습은 바위 속에 든 나무뿌리처럼 맞물려 있다. 이윽고 신화 같은 시간이 흐른다.

적당히 데워진 침대일 필요는 없다. 서울에서처럼 붙박이로 앉아 있었던 게 아니므로 체온은 정상이다. 맥박은 좀 빠르게 뛴다. 서로 같으나 서로 다른 외계인 둘은 그렇게 몸과 몸을 끼우고 하나가 되고 싶다. 그렇게 전설적으로 전설이 되고 싶다.

신화 같은 시간이 다시 흐르고 그들은 드디어 신화가 되었다. 그를 일러 지구인들은 '시지프 외계신화' 라 말한다. 외계 공항 활주로에서 화석으로 발견된 그들을 '시지프 화석' 이라 말하는 지질학자도 있다. 천문학자는 그 외계별을 '시지프 별' 이라 부르며.

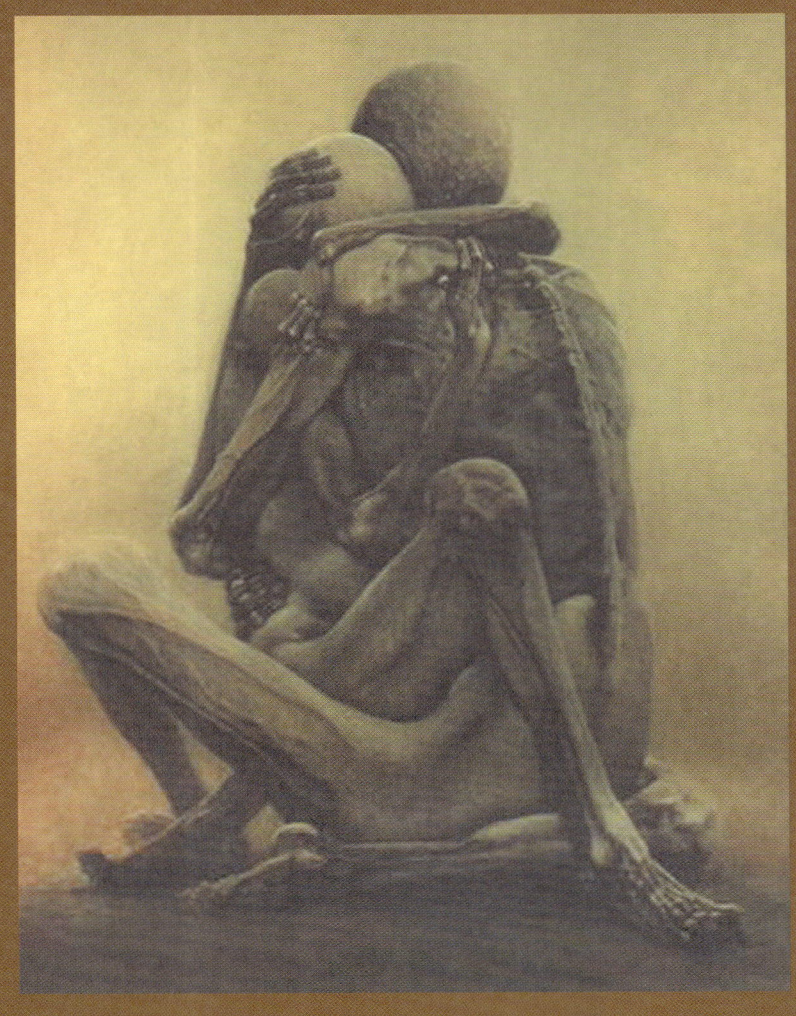

즈지스와프 백진스키, 〈무제〉(1984)

사랑의 완성

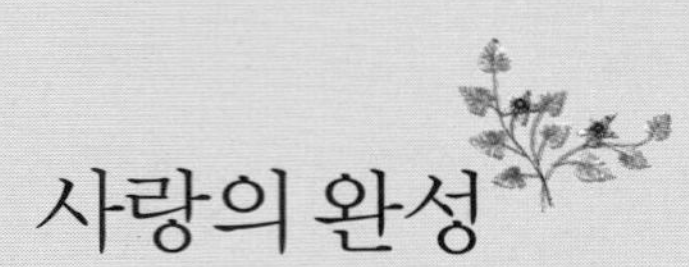

사랑의 완성

　붙박이 의자처럼 책상에 앉아있는 시지프는 하루 세 끼 먹어야 할 밥을 한 끼 밖엔 먹지 않고 종일 정물화처럼 앉아 있다. 그러면 체온도 떨어지는지 오뉴월에도 침대를 데워 놓지 않으면 솜이불을 덮고도 잠들지 못하는데 밤에 잠을 자지 못할 때는 더욱 죽을 지경이다.

　드문 일이 일어났다. 꿈에 떡 얻어먹듯 초저녁부터 졸음이 온 것이다. 그런데 갑작스레 떡을 얻어먹는 날 침대가 데워지지 않았음을 알았다. 데워지려면 적어도 10분은 걸리는데 초저녁에 잠들기는 애저녁에 글렀다 싶었다. 기다리다 보면 잠은 도로 깨서 정물화 속으로 다시 얌전히 들어가 있어야 할 게 뻔했다.

살아있는 인간으로 변한 조각상과 키스하고 있는 피그말리온

변하지 않는 조각상이 있다고 하자. 정물화에서 걸어나온 시지프라 생각하면 된다. 시지프가 아니라도 상관은 없지만 그림을 그린 주인공 화가는 피그말리온이라는 신이다. 피그말리온 효과라는 말을 아실 거다. 교육학에서 쓰이는 말인데, 교사가 어떤 학생을 '우수할 것이다' 라는 기대로 가르치면 그 기대를 받은 학생은 다른 학생보다 더 우수하게 될 확률이 높다는 이론이다. '자성적 예언' 이라고도 불리는 그 말

은 무슨 일이든 기대한 만큼 이루어진다는 것을 뜻한다.

시지프는 그림 밖으로 나가지 않았었다. 세상 어떤 남자에게서도 감동 받을 일이 없었기 때문에 그 누구도 사랑할 수 없었다. 그런데 그녀는 딱 한 번 아름다운 남자를 만난 일이 있다. 2002년 3월 16일 토요일 정오, 인사동에서였다. 그런데 눈 한 번 줄 사이도 없이 아름다운 꽃미남은 떨어지고 말았다.

색색의 물감으로 그린 정물화, 거기 있는 화병이나 상보자기 따위가 살아 꿈틀거릴 일은 없다. 그런데 정물화는 정말 움직임이 없을까. 아니다. 그림 속의 손가락은 그중 가장 많이 움직이는 물체다. 더듬이 같은 눈은 늘 뜨고 있는 상태며 두뇌 레이다도 끊임없이 움직이고 있다. 그림을 자세히 들여다보면 알 수 있다. 세월을 견뎌내는 이 신조차 없지만 장자만큼만 되어도 세월을 견디는 건 비관적인 일이 아님을 알 수 있다. 변화가 없는 것 끔찍하지 않은가. 오직 변화만이 진실인 것이다. 영원성이란 영원히 없는 것이다.

슬픔을 견디지 못한 시지프는 꽃미남을 만들기 시작했다. 가장 사랑할 수 있을 남자를 만들기 시작한 것이다. 가족은 물론이요 친구조차 만나지 않고 작업하자, 집 안팎엔 거미줄이 에워쌌으며 방은 온통 쓰레기통이 되어갔다.

대답 없는 사랑이 고통스러울 것은 뻔한 일, 그러나 시지프는 지치지 않았다. 밤하늘을 올려다보며 매일 밤 기도했다. 드디어 시지프의 기도문은 완성되어 소설이라는 옷을 입고 세상에 보내졌다. 아름다운 남자를 향한 메시지를 끊임없이 날려보냈다. 사랑은 그런 게 아닐까. 누군가로부터 무엇을 얻기보다는 누군가에게 무엇을 주고 싶은 것. 비록 그것이 짝사랑일지라도 말이다.

혼자만의 사랑은 오뉴월에도 침대를 데워야 할 만큼 춥다. 누군가 밤에 잠 못 이룬다면, 창 밖을 내다보며 서성거린다면, 그는 틀림없이 외로운 시지프다. 사랑이 없는 그의 방은 드라이아이스처럼 냉각돼 있을 것이다.

사랑에 아픈 그대여,
그러나 그대의 가슴이 구원의 아프로디테.
언젠가 그대 사랑 숨쉴 날 있으리라.
믿고 기도한다면.

정결한 여신 그대여

누군가에게 자리를 내어 주면 자기 자리는 좁기 마련이다. 그러나 내준 자리만큼 사랑이 가기에 좁은 자리가 불편하지만은 않다. 내어 준 자리만큼 넓은 세상 포용할 수 있다. 시지프는 자신의 생을 이웃에게 내주었다. 그래서 그의 삶은 알려져 있지 않은 지도 모르지만 그가 안은 세상은 더 큰 세상이었을 것이다.

드라이 플라워가 한 묶음 있다. 초봄에 산 수선화다. 치과에서 수술을 받고 나오는 길이라 기진맥진했으면서도 길가 리어카에 질투 어리게 놓인 수선화를 외면할 수 없었다. 당시 누군가에게 편지를 쓰는데 작은 화분 하나를 들고 엎어질 듯 자빠질 듯 아파트 계단을 올라왔다고 했을 것이다.

수선화를 보며 삶과 죽음을 생각한다. 오래된 편지들, 쓸모 없게 된 문서들, 드라이된 꽃은 벌써 버려야 했지만 그러지 못했다. 화분 속에서 고스란히 말라버린 수선화를 미안해서 도저히 떠나보낼 수 없었다.

구스타브 모로(1826~98)
오르페우스를 들고 있는 에우리디케

지옥갈 거라는 걸 전혀 짐작 못하진 않았을 시지프가 그럼에도 불구하고 신들을 속이고 한평생 삶을 즐겼듯이, 나의 수선화도 한평생 정열적으로 살았다. 죽음 따위는 두려워하지 않았다. 죽음이 두려워 피지 않는 꽃은 없다. 내 수선화도 그랬다. 그러다 젊음의 모습 그대로 삶을 멈춰버렸다. 몇 개의 꽃잎은 잎만 조금 말렸을 뿐 모양새도 그대로다. 모두 6개인 꽃송이는 마른 줄기, 마른 잎과 함께 맨 처음 나를 만났던 얼굴 그대로 보라색 망사가 둘러진 작은 화분 속에 살고 있다. 나는 등나무로 만든 소쿠리에 한번 더 담음으로써 그를 더 곱게 화장해 주었다.

　수선화 살아있을 적, 필리파 지오다노를 무척이나 좋아하였다. 하루에도 몇 차례씩 오페라 노르마 중 '정결한 여신'을 들으며 삶의 황홀경을 즐겼다. 그리고 지금 수선화는 그 자체 오르페우스가 되었다. 나의 수선화는 바위를 밀어 올리는 시지프의 고통을 덜어주고 있다.

　지금은 말라버린 꽃 수선화 오르페우스여,
　그대는 꽃 같은 나이에 아내 에우리디케를 잃은 슬픔으로 저승까지 왔건만 나는 그대를 보내지 못하겠다. 그대만이 오직 내 고통을 덜어 주기 때문이다. 미안해서 보낼 수 없다 말한 건 그러므로 거짓이었다. 여전히 나는 바위를 밀어올려야 하리. 신들은 알고 있는 것이다. 나의 거짓말을. 어떤 꽃이 자살하겠는가. 나는 너에게 물조차 주지 않았었다.

　살아있는 것들은 아름답다. 그러나 죽음조차도 아름다울 때가 있다. 삶과 죽음을 모두 내게 준 그대 수선화, 너로 인하여 나는 살 수 있었다. 하여 네가 있는 모든 세상 아름답게 느낄 수 있었다. 너는 내게 꽃으로 와서 더 큰 의미 되었으니, 한 떨기 수선화여. '정결한 여신'이여. 멈춰버린 그대 젊음이여. 🍂

그대의 디자인, 리메이크

최근에 나는 왕을 만났다. 왕과 나는 하늘을 날았다. 그는 썬글라스를 끼고 있었는데 그의 썬글라스가 해가 떠도 검은 색, 안 떠도 검은 색이었던 데 비하자면 내 썬글라스는 해가 뜨면 검은 색, 해가 뜨지 않으면 무색이었다. 나는 태양의 이동에 따라 세상색깔을 받아들이는 생물체다.

어느 날 편지를 받게 되었다.

"DJ(Design Jesus)님 저는 com(왕) 초보입니다. Leonard Cohen을 신청합니다. 뮤지션이라는 점만 빼면 그와 나의 인생은 일치합니다."

이승을 디자인하고 싶어 리메이크 DJ를 자처했던 나는 그가 저승에서 8일 동안 만났다 헤어진 안토니오인 줄 알았다. 우선은 30대 중반이

되어서야 본격적인 경력을 쌓기
시작한 늦깎이 아티스트라는 점
이 그랬다.

그와 나는 이름자에 왕(king)을
갖고 있었다. com(함께) 왕(king)
인 우리는 서로 만나지 못하는 이
승의 삶이 비애일 수밖에 없던 존
재체였다. 나는 주저 없이 I'm

레너드 코헨의 〈미래〉

your Man을 들려주었다. 어떤 비밀을 간직해야만 하는 상황이라 여겼
던 나는 그가 차마 "난 너의 남자야", 라고 말하지 못한다 생각했기 때
문에 내 독법으로 그를 읽어줘야 한다고 여겼었다.

다시 도착한 편지에는 I'm, YourMan이라 써 있었다. 영어지만 가벼운
띄어쓰기와 쉬운 철자법을 틀릴 리 없는 그가 (나,당신의 그대)라 쉼표
하나를 사이에 두고 자신을 보다 분명하게 알려온 것이다. 견우를 만
난 직녀가 온 하늘 꺼멓게 눈물바다를 이루었다면 그 때일 것이다. 나
는 그가 빨리 웹 사이버라는 온라인 새장 속에서 탈출하여 내게 오기
를 바랐다. 저승의 인연을 고스란히 갖고 온 우리는 기억의 선(wire)인
온라인(on line)으로밖에 만나지 못했기 때문에 스스로 새라 했던 그의
말을 기억해내며 Bird on the Wire를 또 올렸던 것이다. 그리고 파랑색
을 좋아했던 그의 우울한 레인코트를 상상하며 Famous Blue Raincoat
(알려진 파랑 비옷)를 올려놓고 레인코트 없이 비를 맞았다. 그는 뮤지

션 버금갈 정도로 음악을 사랑한 사람이기도 했었다.

저승의 꿈이 어이없이 꺾였던 나는 이승에 와서 세상을 새롭게 디자인하고 싶었다. 그리하여 내 꿈이 이루어지는 리메이크된 세상을 만들고 싶었다. 그러나 디자인 지저스Design Jesus 중 지저스(Jesus, 예수)는 비의적인 측면이 많다. 그의 생애는 3년 생활밖엔 알려져 있지 않기 때문이다. 그러나 3년 중 마지막 부분인 십자가를 고난으로 받아들인 측면도 없진 않았다.

예수의 삶의 테제는 사랑이었으므로 사랑을 이루지 못하는 삶은 고난의 십자가나 마찬가지인 것이다. 세상을 디자인하고 리메이크하는 데 의당 따르게 될 십자가인 셈이다. 생의 마지막에 이르러서야 완성된 세상을 보고 싶진 않았지만 My Man이라면 감춰진 내 30년 생도 짐작할 수 있을 거라 믿었던 나는 주저 없이 리메이크 DJ 역할에 충실했던 것이다.

33년 생애 중 남은 3년은 결코 길지 않다. 하여 나는 청혼했다.
왕으로부터 편지가 도착했다.
"리메이크 DJ님의 예술을 계속해서 듣고 싶은 집단 이기주의 때문에" ─ 안티웃쑤 올림.

자신은 내가 찾는 안토니오가 아니라 안티웃쑤라 했지만 믿을 수 없었다. 새장 속에 내가 갇혔던 것이다. 집단 이기주의라는 알 수 없는 말

때문에 화도 났다. 그러나 대신 사랑의 완성을 예술의 완성과 일치시키려는 안티웃쑤 아닌 안토니오를 이해하고 더욱 사랑하게 되었다. 그때까지도 나는 여전히 안티웃쑤를 나의 안토니오라 오인하고 있었던 것이다. 그래서 나는 당시의 마음 상태를 알리기 위해 Recent Songs(최근의 노래들)을 올리기도 했었다.

한동안 편지교환마저 하지 않던 나는 혼자의 Live(삶)를 들었지만 미래의 삶 'The Future' (미래)도 끊임없이 꿈꾸었다. 아내를 잃은 오르페우스는 노래를 끈wire으로 삼아 저승까지 갔다왔음을 잘 알고 있기 때문이었다.

그런 안토니오 레나드 코헨을 하늘에서 만났다. 그는 캐나다라는 이국에서 오자마자 나와 동행하여 다시 하늘을 날았다. 나는 그를 왕이라 부르는 대신 블랙 썬글라스라 불렀다. 그는 더 이상 나의 왕이 아니었다. 아티스트 안토니오도 아니었다. 레나드 코헨의 노래를 영어교재 삼아 이국의 삶을 대비했다는 그는 삶을 대비하다 코헨을 좋아하게 되고 만 안티우스일 뿐이었다. Death of a Ladies' Man(여자의 남자의 죽음)을 들을 수밖에 없었다. 저승의 기억은 분명하다. 그는 블랙 썬끌라스를 끼진 않았었다.

나는 해의 움직임에 따라 색깔이 변하는 나의 안경으로 안토니오를 다시 찾아 나선다. 예수(DJ)의 사랑은 이승에서 완성되려나. 짧은 생 3년 안에 세상이 리메이크되려나, 새롭게 디자인되려나.

　사랑을 완성시키려면 자신의 썬글
라스를 끼시오. 그리하여 그대의 사
랑이 이승에서 완성되기를 기도하
시오. 끊임없이 변하는 썬글라스와
함께 그대만의 디자인, 그대의 리메
이크 세상을 이루기를. 십자가를 지
기 전에, 뒤를 돌아보지 말고, 그리
하여 뒤돌아보지 말라는 신의 계명
을 어겨 죽음을 맞은 오르페우스가
되지 말고 그대의 디자인, 그대의 리
메이크 세상을 이루시기를, 그대 사
랑이 완성되기를. 

로렌스 알마-타데마 경. 안토니우스와 클레오파트라
(1883). 클레오파트라는 안토니우스와의 사랑 때문에
22년 간 누렸던 이집트 여왕의 자리와 자신의 생명을
바쳤다. 클레오파트라는 고통 없이 죽을 수 있는 방법
으로 독사를 선택했다.

로코코 스타일, 젠(Zen, 禪) 스타일

내가 이국적인 까닭은 이국적인 것이 좋기 때문이다. 내가 나를 좋아
하기 때문이다. 의미부여다. 삶이 그렇다.

도형 4개를 놓고 골라라 주문 받았다. 삼각형, 사각형, 동그라미, 해바
라기였는데 동그라미를 고르려다가 해바라기를 골랐다. 상대는 깔깔
웃으며 해바라기는 화려함을 뜻한다 말했다. 자신은 삼각형을 골랐는
데 삼각형은 세련됨이라 말했다. 스무 살 무렵이었을 것이다. 부러웠
지만 부끄럽진 않았다.

후에 나만의 공간을 마련할 기회가 있어 필요한 가구를 들여놓았는
데 나중에 후배들이 그런다.

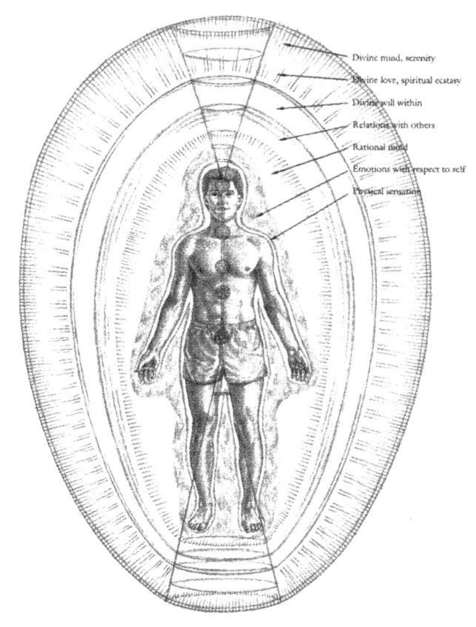

동, 식물과 인간 등 생명체는 빛을 발하는 에너지 장을 가지고 있는데, 이를 오라 Aura라고 한다. 오라는 촛불 모양이라고 한다.

"선배님은 로코코 스타일이었네요. 아닐 것 같았는데." 화려하다는 뜻이었다.

"난 젠(Zen, 禪) 스타일이 더 좋은 것 같은데"

그러나 어쩌랴. 그 공간에 젠 스타일은 볼펜 몇 자루 정도밖에 없었으니.

보충할 공부가 있기에 삼각형을 그렸다. 묘하게도 삼각형으로 연결되는 내용들이 많았다. 그러고 보니 나는 학습 스타일의 하나로 도형을 그리는 방법을 많이 사용했던 것 같다. 처음 보는 내용일수록 더 그랬는데 책을 읽는 방법은 다양해서 한 줄 읽고 음미하고 또 한 줄 읽고 음미하는 글이 있는 반면, 도형을 그려야 이해가 빠른 글도 있고, 글자 한 개 한 개에 눈을 콕, 박고 있어야 느낌이 오는 글도 있다. 책 한 권 다 읽은 뒤 오라Aura처럼 느끼는 글은 좋다.

오라는 화려한 걸까? 혹시 젠 스타일은 아닐까?

연극하셨던 모 선생은 몇 달 나를 경험하더니 친구는 유화, 나는 수묵
화로 결정지었다. 그러면 나는 젠 스타일인가 로코코 스타일인가.

선생을 한참 열심히 하고 있을 때 주부역할만 하는 친구들이 물었다.

"학교에서는 그렇게 말 안 하지?"

친구들이 말한 내 스타일은 젠이었을까. 로코코였을까.

내가 사람과 세상을 읽는 방식은 다양하다. 내가 나를 읽는 방식도 다
양하다. 그래서 나는 시시때때로 다양하게 변신할 수 있었다. 어제 나
는 글쓴이 석제연이자, 시지프였고, 예수이자, 디자이너였으며, 세상
을 창조하는 창조주였던데다, 클레오파트라였고, 오르페우스 겸 그의
아내 에우리디케였다.

나의 스승은 뜻깊은 강연을 두 번 하셨다. 그런데 첫 번째 강연과 두
번째 강연 내용이 전혀 달랐다. 같은 주제였는데 반대 주장을 하시는
것이었다. 나는 수업 시간 외에도 스승께 개인교습을 받다시피 했는데
교재도 없는 소크라테스 식의 대화였다. 오전 나절에 만나면 저녁 8시
에서 9시 사이에 귀가할 때까지 그 자리에 앉아 점심을 먹고 저녁도 먹
어가며 2년여 그렇게 했다. 그 중간 기간이었던지라 왜 그러셨냐고 여
쭈었는데 스승은 웃으시더니 '내가 그랬나?' 그러고는 끝이셨다. 뭐라
말씀하셨는데 내가 기억을 못하는지도 모르겠다.

언제부터인가 세상이 깜깜하게 보이지 않았다. 모든 한 가지 현상에서 본질과 근원과 아울러 미래도 알 수 있었다면 자만심일지 모르지만 창조만이 중요하다는 걸 느끼게 되었다. 당시 나는 폭발적인 생각들을 갈무리할 길이 없어 개인조교까지 생각하게 되었는데 석박사 포함한 10명쯤은 있어야 할 것 같았다. 르네 웰렉이라는 미국 교수는 개인조교가 50명이어도 소속학교에서 비용이 지급되지만 나는 누가 지원해 주나. 후원회 결성 같은 것을 생각해 보다가 그만뒀다. 캄캄하게 보이지 않는 세상을 살고 있어 그런지는 모르겠으나, 그 땐 약소국가의 여성이라는 점이 그렇게 못마땅할 수가 없었다.

사회적 관계와 지향성과 시간의 흐름에서 도형을 느끼고 수인을 느끼며 과학의 바깥을 느낀다. 이것을 영지주의라 말할 것인가. 신비주의라고만 할 것인가. 신화가 아니면 나를 설명하기 곤란하다. 사회학적인 규정, 경제학적인 규정, 정치학적인 규정이나 의학적인 규정을 들이민다면 나는 형편없는 인간이다. 용서받고 싶어서 신화를 택했는지도 모른다. 문학을 좋아한다는 것은 다행이다. 신화는 문학의 범주다. 그러면 신화는 무엇으로 아는가. 지금은 언어다. 그래서 나는 언어로 생활하기를 주저하지 않는다. 아직은.

그러므로 나는 태초에 언어가 있었다고 말한다. 아직은. 지금은. 언젠가는 태초에 웃음이 있었다, 혼돈이 있었다, 빛이 있었다, 다른 무언가 있었다고 말 바꾸기를 할지도 모른다. 그게 인간 시지프다. 지금 여기의.

옷 사러 갔는데 10년 경력이라는 직원이 물었다.

"언니, 작가죠?"

가장 기분 좋을 때를 말하라면 그때이지 않았을까. 🍃

낯섦, 이야기, 신화, 글

차분함이 찾아질 때까지 기다리다 보면 두어 시간쯤은 훌쩍 지나 있을 때가 많습니다. 어느 땐 그렇게 열흘을 흘려보내기도 합니다. 마음 가는 곳 모르고 몸 가는 곳 모르는 여행, 목적지 없는 여행이란 그런 걸 두고 말함이 아닌가 싶습니다.

어느 한 때 어느 곳 눈길 깊게 머무는 때가 있습니다. 낯설거나 익숙하거나 둘 중 하나입니다. 낯설다는 건 그가 타자이기 때문입니다. 낯선 타자에게 내가 갔기 때문입니다. 그와 내가 만났기 때문입니다. 그러나 익숙함이란 내 안의 그를 만났기 때문이군요. 낯섦과 낯설지 않음, 결국 동일함이 되었나요?

어디 어느 곳에 어떻게 있어야 낯섦을 느끼지 않겠나요.

때로는 아는 것도 모르는 척 하고 싶을 때가 있습니다. 너무 익숙한 것도 처음처럼 생소하게 느끼고 싶은 때가 있습니다. 익숙함에서 느끼는 소외는 생소함에서 느끼는 소외보다 더 큽니다.

다른 사람들, 서로 다른 주제, 서로 다른 이야기, 공유를 꿈꾸는 사람들, 시간과 공간을 달리하는 모둠.

그런데 사람이 그립습니다. 신화를 읽고, 생각하고, 글을 생각하고 쓰고, 사람을 생각하고, 만나는 동안은 즐겁습니다. 다른 것들과의 만남, 낯선 곳으로의 여행, 사람들 사이에서 빚어지는 사건들이 신화가 되어 갈 것입니다. 오늘 저는 신화를 이해할 듯 합니다. 지금 저는 횡설수설입니다.

낯섦, 이야기, 신화, 글, 이런 게 다 무어냐 싶을 때도 있습니다. 그러나 지금은 이 기분 이 감정 그대로 놔두고 싶습니다. 가끔은 그럴 때도 있거든요. 그것이 좋을 때도 있구요.

"님은 일기를 쓰고 저는 편지를 쓸게요."

라던 미스테리님. 일기는 혼자의 주절거림인 경우가 많고 편지는 분명한 대상이 있는데 님의 편지 대상이 꼭 저일지는 모르나 만약 그렇다면 기쁜 일입니다.

　　조금 전에 저는 우발성의 유물론을 잠깐 살펴보았습니다. 몽테뉴의 수상록 가운데에 '판단력의 불확실성'을 말한 부분이 있더군요. 더도 말고 덜도 말고 님이 제게 편지를 쓰신 만큼만 마음 유지하신다면 제 생각과 표현이 님과 어긋났다 할지라도 불안하지는 않을 것 같습니다. 가까운 사람끼리의 의견의 불일치만큼 안타까운 일도 없습니다. 미스테리님과 저는 가까운 사이는 아니지만 먼 사이도 아닌 것 같습니다.

　　스승께 개인교습을 받던 그 시절이 떠오릅니다. 문학이론과 가까운 메타비평을 전공 삼고 있었던 저는 스승의 해박한 인문학적 지식을 몹시도 흠모했었습니다. 세계를 이끄는 학문의 유행과 조류도 환히 꿰뚫고 계셨던 분이라 들어도 들어도 새로운 지식이 끊임없이 풀려 나왔는데, 그 속에서 저는 제 갈 길을 구체적으로 잡기 원했으나 스승님만 해도 워낙 방대한 지식의 숲이었던지라 길은 빨리 보이지 않고 오히려 방대한 지식의 숲에서 오리무중이 된 적이 한두 번이 아니었습니다. 희미하게라도 눈에 띄는 여러 갈래의 길을 동시에 갈 수도 없는 노릇이고요. 유난히 관심 두었던 문학사라든가, 문학장르라든가, 문학제도, 게다가 메타비평까지. 스승의 말씀을 다 수행해보려는 생각은 어리석다 싶을 만큼의 원대한 꿈이었지요. 조건적 환경도 영향 받지 않을 수 없었고 제 능력도 문제가 안 되지는 않았을 거지만요.

　　그러면서 가진 소박한 꿈 하나는 사르트르의 『문학이란 무엇인가』 정도의 책 하나 써 보는 거였습니다. 그러나 그 정도의 책이라도 보통의 공부로는 할 수 없는 일이었기에 결코 소박한 꿈만은 아니라는 것

프로메테우스의 간을 쪼는 제우스가 보낸 독수리

도 알고 있었습니다. 게다가 미래란 알 수 없는 캄캄대해 노젓기와 같
아서 한동안 캄캄대해를 떠돌다 그조차 잊고 살았고요. 이즈음 특히
스승님 생각이 많이 납니다. 마지막으로 뵌 때가 연전인데 많이 노쇠

하신 모습이었습니다. 지금은 어떠하신지 가까운 미래에 꼭 뵙고 싶다
는 생각만 갖고 있습니다.

　신화일기를 쓰는 동안 작게는 한국신화를 세계신화로 이끌어보겠다
는 욕망을 무시할 수 없었고, 크게는 신의 언어, 신의 비밀을 훔치겠다
는 뜻이 있었습니다. 거기서 제가 정작 원하는 것은 세상을 읽는 또 다
른 전혀 새로운 법(방법)입니다. 아직도 저는 글, 문자, 언어의 비밀을
밝혀내는 것이 세상의 비밀, 신의 비밀을 알 수 있는 열쇠라고 생각합
니다. 형식 없는 글쓰기가 글 값어치를 떨어뜨리는 건 아닐까 사소한
고민도 했으나 신의 언어에 형식이 따로 있을 수 없다 생각했었기에
그 고민을 물리칠 수 있었습니다.

　언제부턴가 저는 말을 하기보다는 글을 쓰며 좋은 생각이 더 많이 떠
오르는 삶을 살게 되었습니다. 인문학적인 대화, 꽤 전이었고, 그 후로
는 안개의 숲에서 혼자만의 사유였으니 제 글이 인문학의 숲 어디쯤
닿아있는지 저 자신도 모를 때가 많습니다. 그러나 대화 없는 생활에
서 고독한 사유가 괴로운 것만은 아니었다는 것을 실감합니다. 아니
지금은 오히려 글은 없고 말만 많은 생활을 하지는 않을까 염려하고
있습니다.

　누군가 인간의 비밀, 마음의 비밀 드러내준다면 기분 좋은 일이죠. 그
누군가가 '나' 라면 기쁘지 않을 수 없습니다. 🌿

둘이 하나 되기, 하나가 둘 되기

둘이 하나 되기 힘들다. 가능하지 않은 건 아니다. 둘이 하나 되어 통일하고 정과 반이 하나 되어 합이 된다. 셋 이상은 중요하지 않다. 많다고 말한다. 다원론, 이렇게.

나는 지금 나와 아담을 말하려 한다. 벌써부터 슬퍼지려는 까닭은 아담이 원래는 내 몸이었기 때문이다. 이원론에서 일원론이 나오지 않은 걸 이해하시리라. 사람의 언어란 기껏 몸 하나 연구해서 내 놓은 결과물에 지나지 않는다. 그러나 인간은 제 몸 하나도 알지 못해 불가사의니 신비니 한다. 오장 육부를 오대양 육대주와 연결시키거나 뼛조각 365개를 일년 365일로 연결짓는 것까진 좋다. 그런데 원인이 무언지 왜 그런지 모른단다. 죽어 가는 몸을 치료하지도 못한다. 생물복제 시대를 살면서도 인간의 몸을 갉아먹는 병균을 기껏 4개밖에 밝히지 못했

으니 어리석다 말할 밖에. 늙
고 병들어 죽어도 싸달 밖에.

　제우스Zeus와의 싸움에서
패배한 게 죄지만 후손들도
한심하다. 나오느니 한숨이
요 짓나니 눈물이로세. 그러
나 이해는 하겠다. 제우스와
의 싸움에서 진 내가 죄인이
니 나는 원죄의식을 가져야
겠다. 언제나 푸른 봄, 젖과 꿀
이 흐르는 내 영토에 그가 등
장한 건 눈 깜짝할 사이였다.
말을 바꾸고 싶다. 일원론에
서 이원론이 나온 게 아니다.
제우스와 내가 있음으로써
세상이 이리 되었으니 태초
에 짝수 2가 있었지 홀수 1은
아니었다.

　다시 제우스 이야기를 하자
면 그가 등장하자 모든 것이
은으로 변해버리고 말았다.

마삿치오의 낙원추방

팔씨름에서 진 나는 연금법 자료를 제우스에게 넘겨줄 수밖에 없었던 것이다. 아무리 용을 써도 금은 만들어지지 않았으니 이유는 바로 패전에 있었던 것이다. 그러나 그 자가 뺏어간 게 금문서 뿐이랴. 그는 내게서 거의 모든 걸 강탈해가 버렸다.

금문서 뺏어간 그는 가장 먼저 지구 중심 축부터 바꾸어 놓았다. 변화란 그래서 새로운 세상인 것이다. 그 자는 정말이지 힘이 장사다. 아버지가 크로노스이고 어머니가 레아인 제우스는 티탄이라고 하는 거신족이었기 때문에 키도 컸는데, 양손으로 지구 축을 잡더니 빨래 짜듯 지구 축을 살짝 비틀어 놓아 버렸던 것이다. 그러자 불행은 홍수처럼 불어나기 시작했다. 놀라 자빠져 있는 내게 자기를 하눌님이라 부르라 하더니 닉네임도 불러달라 했다. 닉네임은 많기도 했다. 가드god니, 야휀니. 가장 웃기는 건 신神이었다. 신이라니, 신이 뭐냐. 고무신이냐 귀 떨어진 게다짝이냐.

지구의 축을 돌려놓으니 나의 봄은 4개로 나뉘어 버렸다. 그는 각각의 4개를 봄, 여름, 가을, 겨울이라 이름 붙였다. 명칭 이야기는 차차 말하겠다.

여름엔 더웠고 겨울엔 추웠다. 나무 그늘 밑으로 피하지 않으면 안 될 만큼 태양 가까이 가기도 했고 동굴 속으로 대피하지 않으면 안 될 만큼 태양 멀리 떨어지기도 했다. 태양이 절실한 필요성으로 다가왔다. 인간은 절실한 필요성 앞에 숭배 드린다. 이집트에 오를 때면 특히 더

〈미노타우로스〉

그랬다. 이집트 동산에 대해서는 정말이지 할 말이 많다. 그 이야기도
차차 하겠다.

　나는 지금 마음이 바쁘다. 울고 싶기도 하다. 언젠가부터 그는 내게
동침을 요구했었다. 동침이 어려운 건 아니었지만 성질 급한 그는 대
답할 시간도 주지 않더니 한 개의 마음을 희로애구애오욕喜怒哀懼愛惡
欲 일곱 개로 나누어 버렸다. 대답이 늦자 거부하는 줄 알았던 모양이
다. 내 마음을 갈래갈래 찢어 확인하겠다는 것이었다. 내가 가진 거의
모든 마음도 그에게 뺏기고 말았지만 몇 개의 마음을 아직도 간직하고
있는 게 다행이라면 다행이다. 혼자 있을 때면 그의 말이 자주 생각났
다. 내 머리를 염소머리로 만들어버리겠다느니, 절반만 말머리로 만들
어버리겠다느니, 절반만 물고기로 만들어버리겠다느니, 심지어는 세
발 달린 까마귀로 만들어버리겠다, 뿔달린 뱀으로 만들어버리겠다, 갖
은 협박을 다 했었다.

　나뉜 일곱 개의 마음은 다시 또 나뉘어 온갖 종류의 일곱 색깔로 번지
고 있었다. 야누스가 된 것도 같고, 인어가 된 것 같기도 하고, 미노타우
로스가 된 것도 같고, 심지어 삼족오, 흉측한 용으로 변하는 것도 같았
다.

　제물의 의미를 알고 있는가. 그건 바로 몸을 바치라는 뜻이다. 슬픔에
흐른 눈물이 대홍수를 이루었다. 바닷물이 짠 까닭은 내 눈물이 짜기
때문이다. 홍수를 이룬 눈물 속에 눈을 겨우 뜨고 보니 제우스는 또 몸

을 두 조각으로 나누어 버리겠다고 불칼을 들고 설쳤다. 패전한 나는 대항할 수 없었다. 내 몸은 순식간에 두 동강이 나고 말았다.

피가 흘렀다. 피는 빨간 색이었다. 내 몸 속에 또 하나의 내 몸이 빠져 나간 자리가 알처럼 둥글어지고 있었다. 김알지가 알에서 나왔다고 하는 말은 내 몸 속에 있는 둥근 사람의 집(자궁)을 두고 하는 말이다. 진정한 불행은 그 때부터 시작되었다.

두 개로 나뉜 내 몸 아담은 곧 나였으니 나는 늘 내가 그리울 수밖에 없었다. 제우스는 아이를 낳을 때만 나의 다른 몸을 보내주었다. 나는 내가 그리워 아이를 낳았다. 아이를 낳음은 그래서 환희이자 고통이었다. 그래도 좋았다. 둘로 나뉜 내 몸을 만날 수만 있다면 아이를 낳는 것보다 더한 고통도 견딜 수 있었다. 아이를 낳는 일은 고통스러운 일임에 분명했지만 내 몸을 만나는 환희 때문에 뼈마디가 다 열리는 고통조차 매번 잊었으니까.

내가 살던 집을 에덴이라고 말하는 사람들은 어리석다. 그 이름은 지리산이다. 지리산은 남원에 있다. 천왕봉이 내가 살던 집, 반야봉이 아담이 살던 집이다. 낳은 딸 여덟은 모두 산 아래로 내려갔다. 딸들이 팔도를 나누었다고 하는데 제우스가 나를 나누었듯 니 것 내 것 나누라고 명령했기 때문에 말을 들을 수밖에 없었다 한다.

덧붙임 : 이브와 아담은 닉네임임. 본명 밝힘 : 마고 & 반야. 🍃

그래도 그리운 사람아

꿈꾸지 않는 사랑

열 살 무렵 이성을 알았던가 보다. 실한 장닭에게 쪼이고 할퀴면서도 새끼머슴과 마주치기 위해 일부러 그 애가 일하는 길을 거쳐 하교했었다. 학교를 다니지 못하던 그 애는 나보다 자기가 더 똑똑하다며 나무 막대를 주워 마당 한 가운데에 세 자리 수 곱하기를 풀어 보였다. 그런데 자랑하기도 전에 주인에게 호통을 듣고 말았었다. 그 애를 생각하면 아늑하고 몽롱했던 재간의 기억이 우울하고 희뿌연 재로 바뀐다. 도망갔다는 말을 듣자 텃밭에 웅크려 몰래 울던 소녀라고 불리기엔 어린 열 살의 내가 있다.

나중에 구두닦이가 된 성덕이 그 애 말고는 열세 살 때 학교 씨름부

두 명과 친했다. 각기 다른 중학교에서 상위권 성적이라던 조성문, 문남우를 앞세워 집까지 바래다주기를 요청했던 맹랑한 열 세 살이었다. 할아버지가 씨름부 선생님께 항의하던 기억도 난다. 그 때문이었는지 상급학교 진학 때문이었는지 나는 도시로 전학 보내져버렸다. 사랑의 비극은 도시에서부터 시작되었나 보다.

대학 1학년 스무 살 때로 훌쩍 뛰면 동인들 시화전이 열려 있다. 그때도 없는 말 만들어 설리설리 가리라 어쩌고 하는 시 두 편을 걸어 놓았는데 3학년이라는 남학생이 진지하게 다가와 자리를 떠나지 않았었다. 어릴 때의 맹랑함과 명랑함은 다 어디로 보내버리고 그를 쫓아주길 요청했다.

사람들은 키들거리는데 내가 심하게 반항하며 요청하자 한 선배가 3학년에게 정중히 요청했고 잘 생긴 그 사람은 진지하고 심각하게 물러섰지만 선배들은 나를 이해하지 못했다. 나도 나를 이해하지 못했다. 그렇게 막무가내로 신경질을 부리며 쫓아버린 남자는 다 헤아리지 못해 한 트럭이다. 게 중에는 가족이나 교수를 통해 만남을 갖기를 요청하는 사람도 있었지만 다 소용없었다. 남자친구가 있었던 것도 아니고 마음에 두는 사람도 없었건만 그런 나를 나조차 알 수 없었다.

짝사랑하던 사람은 많았지만 그런 티를 내지 못했다. 나이가 한참 들어서야 병도 큰 병인 줄 알았지만 그렇게 20대를 통째로 날려버린 바보 맹탕구리였던 나는 서른도 넘은 나이에야 우연히 사랑을 하게 되었는

에로스와 푸쉬케

데 끝나고 나야 안다더니 끝나고도 한참 지나서야 사랑인 줄 알았다. 그런데 그런 느낌은 짝사랑이나 별 차이 없는 것 같았다.

내가 사랑의 감정도 모르고 사랑도 모르는 맹탕구리인 것 같지는 않다. 시도 때도 없이 나이도 불문하고 사랑에 빠져버리는 내가 스스로 무서울 때도 많다. 분명한 건 사귀는 사람도 없는데 지금도 수많은 사랑하는 남자들과 삶을 공유하고 있다는 사실이다. 정말 한 트럭인지 심심할 때 세어나 봐야겠다.

내게도 에로스Eros처럼 나만이 소유할 수 있는 예쁜 남자가 있었으면 좋겠다. 그들에게도 시련이 있었듯이 내게도 시련의 시기인가 생각해 볼 때가 있다. 하지만 그토록 아름다운 사랑이 내게 머물렀는지 의심스럽다. 끝난 사랑이 영원성을 가지기는 애초에 글러먹은 일이었지만 아름다운 사랑도 아니었던 것 같다. 내가 푸쉬케Psyche가 아니었는데 에로스가 어디 있었을 것이며.

꿈꾸지 말자. 영원히 아름다운 사랑은 없다. 그런 이상한 사랑 같은 건 없. 다.

사람아, 그리운 사람아

그리움이 사무칠 때가 있다.
외출해야 할 일이 있는데 밍기적거리다 보니 시간은 자꾸 늦어지고 있었다. 더 이상 늦출 수 없도록 시간이 가까워오자 갈까말까 갈까말까, 다음에 가지 뭐, 안 돼, 늦더라도 오늘 가야 돼, 갈등하다 깨끗이 몸을 씻고 있는데 까닭 모를 서러움이 샤워기에서 떨어졌다.

그립지 않았다.
그리움은 없었다.
그립지는 않았다.

라고 말하며 마구 퍼부었다.

넘어져서 피가 날 때 미뤄뒀던 슬픔까지 다가왔었다. 죽은 자 앞에서 울 때 밀쳐뒀던 설움까지 보태서 울었다. 기쁘다 못해 눈물이 나면 그 참에 더 울었다. 그러고 나면 기약 없는 눈물은 다시 밀쳐졌다.

옷 입을 차례가 되었는데 마침 비가 왔다. 잘 되었다. 싸가지 없는 샤워기는 벗어났지만 쨍쨍한 햇볕이나 건조한 바람보다는 나았다. 해나 바람 따위가 나를 볼 리는 없겠지만, 눈코입귀도 없고, 피부도 없는 그것들이 나를 알아볼 일도 없지만, 나는 왠지 부끄러웠다. 그러니 해나 바람에 오감이 없다고 자신 있게 말하지 못한다. 비를 만나 다행한 느낌이라면 비의 마음과 내 마음이 일치했다는 뜻이니 물방울 하나에게도 느낌이 없다고 말하지 못하겠다.

책을 보다 울고, 노래를 듣다가 슬퍼지고, 영화를 보다가, 때로는 이름 모를 새, 이름 모를 들풀만 보고도, 사람들이 모여 있기만 해도, 울음이 나니 눈물의 근원은 알 수 없으나, 근원을 알 수 없는 그것이 세상 모든 것과 만나 일치를 이루니, 세상 만물이 내 마음이고 내 마음은 세상 전부다. 죽은 나무에 물을 주는 까닭은 이승의 삶이 이승의 삶으로 끝나지 않기 때문이며, 전생이 현생으로, 현생이 후생으로 오가기 때문이며, 이승이나 저승이나 같기 때문이며, 죽은 자가 산 자를 지배하는 까닭은 죽음이 삶이기 때문이며, 내가 너이고 네가 나이기 때문이다.

　누가 너를 일러 남이라 했단 말이냐.
　자아와 타자他者는 왜 구분한단 말이냐.
　이별, 그것은 슬픔이었다.
　그러나 고독 그것은 다행이었다. 천상천하 유아독존은 나뉘지 않은 하나 일(一)에 대한 찬사였다. 니가 그립지 않다고 말하는 싸가지 없는 변명이었다.

프리즘과 프로테우스

사소한 싸움에서 큰 싸움까지 싸움은 별로 하지 않았다 싶은데 나와의 싸움은 많이 한 것 같다. 안팎으로 창피하다. 인간 이해는 '나'가 아니라 '너'이기 때문이다.

강하지도 않고 싸우지도 않은 공주 시지프에게 붙은 수식어들은 예쁘고 화려한 게 많았다. 최근 것은 프리즘이다. 최고급 찬사라 여겼는데 왠지 또 창피해지고 말았다. 시지프의 또 다른 수식어 '변덕스러운 수묵화'가 생각났다. '변덕스러운'은 내 스스로 붙인 말이지만 '수묵화'는 남이 준 말이었다. 그런데 '변덕스러운 수묵화'를, 프리즘과 그것을 비추는 삼각유리기둥에 대비해 봐도 좋을 것 같다. 그러면 프리즘은 변신의 귀재 프로테우스Proteus로 변신한다.

내 꿈 중 하나는 무한 빛이 잠재된 순수백치의 프리즘이었다. 아니 그 게 전부이지 않았나 싶기도 하다. 무한빛, 무한능력의 빛은 못될지 모르지만 꿈은 이루어졌다. 그러나 누구라도 될 수 있는 것이 프리즘이기도 하다. 최고의 찬사는 금새 아무 것도 아닌 평범한 말이 되고 말았다. 이를테면 이런 식의 말 — 노력하면 성공할 가능성이 높을 겁니다.

그러나 그게 전부는 아니다. 메시지message가 전달되려면 발화자 speaker와 수화자hearer의 관계가 먼저 있어야 하고, 의도와 지향성과 발화utterence가 놓이게 되는 환경이 있기 마련이다. 구석기 시대 자작시 「수련일지」에는 프로테우스라는 신이 등장하는데, 읽는 사람은 자꾸 프로메테우스Prometheus가 아니냐고 물었다. 아니라고 말하자 그 사람은 내가 분명히 '메' 자(字) 하나 빼먹고 알고 있을 거라고 주장했다. 프로메테우스는 익히 알려진 대로 인간에게 불을 훔쳐다 준 자이다. 예언자 프로메테우스가 어떻게 해서 예언능력을 가지게 되었는지는 알려져 있지 않다. 증명할 수 없는 것은 아무렇게나 주장해도 진실로 받아들여지는 경우가 많다.

현실과 상상의 공간 사이에서 어지럽다. 그냥 가볍게 상상도 현실이라고 하면 그만이지만 그게 잘 되지 않는다. 프로메테우스만 보아도 제우스의 입장에서는 마뜩찮은 존재였다. 제우스가 성질머리 고약한 변덕쟁이였기에 가뜩이나 자기를 귀찮게 하는 인간의 손을 들어주는 프로메테우스를 곱게 볼 리 없었다. 프로메테우스는 인간을 보살피라는 임명을 받고 파견된 신에 지나지 않았기 때문이다.

〈불을 훔치는 프로메테우스〉 크리스티안 그리펜컬

　프로메테우스도 다시 보자면, 인간에게 불을 가져다 준 건 프로메테우스의 임무 중 하나였지 그의 마음이 인간적이었다거나 비 신적(非神的)이어서 그랬던 건 아니다. 그런데도 인간은 그에게 고마운 존재라고 말한다. 그게 바로 관계다. 모든 관계는 사회적이다. 나와 너도 마찬가지다. 변신의 귀재 프로테우스를 두고 최고의 진실이라 평가하는 반면 한국의 언론 같다고 몰아붙이기도 하듯이.

　'가는 말이 고와야 오는 말이 곱다' 라는 말도 관계 속에서 빚어진 말이다. '하늘은 스스로 돕는 자를 돕는다' 도 관계 속에서 산출되었다. 강호를 홀로 걷는 자는 용기 있다. 관계를 벗어난 자야말로 진정한 자유인이라 할 수 있을 것이다. 그러나 그것이 가능한가.
　경제용어 벤치마킹에서는 현대인간을 파랑새형 인간과 프로테우스

형 인간으로 구분한다. 파랑새형 인간은 환경에 적응하지 못하고 희망
적인 환상에 젖어 있는 사람을 말하고, 프로테우스형 인간은 상황변화
에 적응이 빠르고 능동적인 사람을 말한다. 그래서 파랑새형 인간은
경제가치가 하락된 인간으로 본다. 하지만 언어가 원료인 문학생산 공
장에서 인간가치가 하락되는 경우는 없다. 그리고 문학은 삼각유리기
둥처럼 모든 관점을 다 포용한다. 어떤 사람이 갖는 정치적 관점과는
다르다.

내게 프리즘이라 말한 다루라는 분을 처음 보았을 땐 선배의 동생쯤
인 줄 알았다. 우선은 얼굴이 그랬고 보스 기질이 그랬으며, 생각하는
로댕이 그랬다. 녹음기를 몰래 숨겨갔을 만큼 선배의 말 한 마디를 금
으로 여겼는데, 몹시도 비판적이었던 그 분은 소설을 왜 안 쓰냐고 채
근당할 때만 주눅 드는 분이셨다. 소설집 딱 한 권으로 더 이상은 안 쓰
거나 못쓰고 계신데, 나는 가끔 선배의 본집을 갔었다. 어떤 종교의 성
지이기도 한 집 마당 한 가운데에는 크도 작도 않은 나무 한 그루가 있
고 나는 그 나무 아래 앉아 있다 돌아오곤 했었다.

좀 다른 이야기지만 몇 해 전 모 대학에서 문학관련 과목을 가르치는
데 첫 수업에서 어안이 벙벙해지고 말았다. 앞쪽의 예닐곱 가량의 학
생들이 여고시절의 급우들하고 너무 닮아 있었던 것이다. 어린 학생에
게나 대학생에게나 반말을 하지 못하는 나는 그 학생들에게 친구를 대
하듯 반말을 하고 말았었다.

이집트 피라미드

지금 내겐 이집트 피라미드가 생각나지만 관계설정을 불가능하게 할 정도로 소음 심한 축제가 성대하다. 한 때는 '까니발carnival' 이란 단어에 매료되어 인생 전체가 왜 까니발이 될 수 없냐 불만 가진 적도 있었건만, 참가하지 않는 까니발의 소음은 고통 그 자체다. 부처님 가운데토막이 그립다. 두께가 2밀리쯤 되는 아스팔트 손을 갖고 있던 그 거지, 구두약처럼 반들반들했던 얼굴, 그 얼굴이야말로 노력할 필요 없는 부처님 가운데토막이 아니었을까.

프리즘과 프로테우스를 말하고 싶었는데 '메' 자(字) 빠진 프로메테우스를 말하고 있는 건 아닌지 모르겠다. 프로메테우스에게서 '메' 자 (字)를 빼버리면 인간에게서 불을 빼앗은 거나 다름없는 건 아닐지, 말 어딘가가 한참 엇나가 있을 것 같다. '부처님 가운데토막' 같은 말은 예정에도 없었다. 관계와 시각에 대해 말하고 싶었는데 말이다.

황금사과로 보답하고 싶다는 새로운 말이 떠오를 뿐, 생각 진행시키 기와 글자 짜기라는 노동을 전혀 하지 못할 정도다. 관계는 환경에 영 향 받는다. 의도한 방향이 아니고 목적도 이루지 못했는데 기투된 환 경으로 인해 어쩔 수 없이 방향 선회한다. 관계란 의도나 목적과는 무 관하게 환경에도 영향 받는다. 그런데 환경은 감각의 변화를 가져와 행동의 변화를 낳았다.

여러 가지 생각에 머리가 아프다. 필요하면 언제 어느 때, 무엇으로든 몸을 바꾸는 프로테우스지만 나머지 시간은 거의 잠을 잔다. 잠잔다는 건 침묵을 의미한다. 관계란 대화이고, 대화는 침묵이 아니다. 대화 없 는 관계에서 생긴 오해는 무한대로 벌어질 가능성이 높다. 맹목의 믿 음이 아니고서는 불가능한 일이다.

또 다른 나와의 대화가 가능하지 않았던 것이다. 그럴 땐 말을 하지 말아야 옳았다. 속마음은 그게 아닌데, '고마워요. 또 만나요' 를 '신경 끄세요. 상황 끝이잖아요' 라 말하다니. 침묵이 금인 것을 다시금 실감 하는 순간이다. 그러나 어쩌랴. 삶의 퍼포먼스에 준비된 시간이란 없 는 법이다. 삶에 있어 가정법 If는 없는 것이다.

'사랑해요'를 '씨발놈아'로 가르쳐 놓고 예정된 이별의 순간이 다가오자 "씨발놈아, 씨발놈아"를 외치게 했던 병사가 있었다. 작별의 눈물을 흘리며 "씨발놈아"를 외치는 여인과 연인 사이였던 그 병사는 예정된 이별이 두려웠을 것이다. 여인의 맹목적인 믿음이 부담스러웠을 것이다. 아무리 그렇더라도 여인과 병사의 잘못된 대화는 가혹하다. 그러나 문학적으로 프리즘적으로 가혹할 만큼 아름답고 쓰리랑쓰리랑 눈물나는 사랑 이야기이다. 문학이, 소설이, 이야기가, 신화가 삶을 풍요롭게 하는 이유이기도 하다. 🌿

거세된 삶과 상처의 예술

　방을 들어서다 깜짝 놀란 적이 있었다. 초콜릿에 솔잎 버무린 냄새 같은 게 나고 있었다. 몇 년 전 그 때처럼 방을 휘휘 둘러보았다. 냄새의 진원지를 찾으려는 까닭이었다. 그러나 후각이 금방 마비되어버리기에 방 밖으로 나가 냄새를 식히고 돌아오니 또 그랬다. 창문도 닫힌 상태이고 향이 날만한 무엇도 없고 책에서는 종이냄새나 날 텐데 진원지를 알 수 없었다.

　몇 년 전엔 무슨 문서를 정리하고 있었다. 밥도 먹는 둥 마는 둥 하고 이틀을 꼬박 컴퓨터 모니터를 주시하다 일어나는 참이었는데 박하향도 같고 솔잎 향도 같은 난생 처음 맡는 냄새가 났다. 그때서야 뒷목이 뻐근함을 넘어 끊어질 듯 아프다는 사실을 알았다.

카스트라토 가수를 다룬 영화 '파리넬리'. 18세기에는 카스트라토의 목소리는 천사의 목소리에 가장 가깝다고 믿고 있었을 뿐 아니라, 그들의 노래에는 악귀를 쫓는 힘이 있다고 믿었다. 카스트라토는 음악가이자 동시에 악마로부터 국왕 및 국가를 지키는 역할을 한 셈이다. 그러나 이를 위해 이탈리아에서는 매년 4천 명씩 거세하기도 했다.

두리번거렸다.

여름이라 사방 문을 다 열어놓은 상태였는데 냄새가 날아들었다면 여기저기 머물러야 했지만 책상 주변면을 벗어나면 냄새는 오간 데 없다가 그 자리에 다가가기만 하면 나는 것이었다. 그 문서는 세상의 이치를 종교적 입장에서 밝힌 글이었는데 거의 다 읽었을 무렵 몸 어딘가가 환해짐도 느꼈었다. 무슨 신비체험 같지만 그런 일은 실제 벌어졌었다.

어느 날 몹시 모란꽃이 되고 싶었다. 어떤 친구를 생각하던 중이었다. 어릴 때 나무를 타다 떨어졌는데 다친 곳이 하필 그곳인 남자가 있다고 했다.

카스트라토Castrato라는 단어가 있다.

카스트라토는 소리가 좋은 소년시절에 거세당한 오페라 가수를 뜻하는 용어다. 16세기에서 18세기까지 걸쳐 가장 왕성한 활동을 한 카스트라토는 여성 터부와 종교 및 정치권력의 희생양으로 선택된 신의 경지에 이른 목소리의 다른 명칭이다.

거세는 되었어도 성장을 멈추지 않는 건강한 남성의 육체에서 나오는 힘 실린 목소리가 미소년의 미성을 간직하고 있었음은 당연할 수 있다. 최고의 대우를 해 주었다고는 하나 최저의 인권마저도 유린당한 슬픔이 전율적인 소리를 내게 했을 거란 점도 어렵사리 짐작할 수 있다.

적절한 비교가 될 순 없지만 판소리의 좋은 목소리에 대한 평가는 얼마나 인간적인지 모른다. 목이 칵, 쉰 탁성을 최고 소리로 평가했으니 목쉰 소리란 인생고초를 다 겪은 소리인 것이다. 탁성을 만들기 위해 어릴 때부터 강제적으로 성 경험을 하게 만드는 경우도 없진 않다고 듣긴 했다.

모란이 그토록 우아하고 화려한 까닭이 향기를 거세당해 그렇다는

판소리 명창, 임방울(林芳蔚, 1904~1961)

생각은 왜 드는 걸까. 신비한 그 향기 맡으러 끊어질 듯 아픈 목을 만들어놓은 건 아니었지만, 성 억압은 어떤 누군가를 전율이 일도록 한 맺히게 했을 것이다. 어떤 누군가란 말은 가능한 모든 여성 · 남성을 뜻하며.

친구의 친구 이야기를 덧붙이자면 근육질 몸매에 키도 훌쩍 크고 얼굴도 수려하다 했는데, 한국 최고라는 대학에서 무시험으로 입학을 시켰을 만큼 뛰어난 예능을 갖고 있을 뿐 아니라, 신들린 듯이 시를 써 내려간다 하기도 했다. 그 사람 이야기를 들으며 어딘가 크게 모자라야 예술을 할 수 있는 건 아닐까 생각했다.

모란과 비슷하면서도 다른 꽃 작약은 '꽃 중의 재상'이라 불릴 만큼 화려해서 여성에 비유되곤 하는데, 여성의 생리통, 생리불순으로 오는 하복부의 응어리를 치료한다고 한다. 같은 미나리아재비과라서 그런지, 모란도 여성의 생리불순으로 발생되는 병을 치료한다고 한다.

예술활동은 어딘가 치명적으로 거세당해야 가능한 걸까. 꼭 그곳이 아니더라도 어딘가 크게 거세당한 인간이 예술을 만들어내고 예술은 그런 인생을 위로하는 게 아닐까 싶다. 그래서 예술은 거세당한 삶이 되고, 삶은 상처가 되어, 그렇게 둘이 서로, 서로의 상처를 위로하는 건 아닐까 싶다.

대학 때 부른 노래 중 가사가 그런 게 있었던 것 같다.
'슬픔에 타올라~~~'
짐작하기 쉽지 않은
'슬픔에 타올라'. 🌿

봉숭호의 딸 다프네

버드bird나무는 늘 그 곳에 있다.

바람이 불면 머리카락처럼 흩날리고, 비가 오면 바이올린처럼 흐느낀다. 보아도 보고싶은 버드bird나무 그늘에 서면 허허로운 들녘을 건너 노란 저고리, 그녀의 봉긋한 가슴이 다가올 것 같다.

나무는 늘 그 곳에 있었다.

스무 살의 아폴론은 깃털바람처럼 바다 위를 날아갔다.

시원한 콧날, 두리두리한 눈, 버버리 코트를 즐겨 입는 필승코리아의 청년은 동경예술학교 학생이었다. 무엇보다 멋진 건 스타킹 같은 양말에 흑마 같은 구두, 머리끝에서 발끝까지 빠지는 데라곤 없었다.

아폴론

"아름다운 새, 그대 한 마리 백학이시여"

노란 저고리 가슴이 봉긋한 처녀가 말을 걸어왔다. 그녀는 고향의 버드나무였다. 바이올린은 그녀 자체였고.

스무 살 청년의 가슴에 날아든 이국 처녀는 현의 울림 같은 떨림을 가져다 주고 있었다. 마늘모 같은 코에, 앵두 같은 입술, 별처럼 빛나는 눈과, 가슴이 터질 듯한 이마는 나무나무 가지였고 가지가지 잎새였다. 그렇게 여울지는 바다가 되어가고 있었다.

바이올린 처녀는 차이나를 건너고 싶다 말했다. 그녀의 태가 묻혀 있다 했던가. 남의 조국까지 사랑하게 된 아폴론은 차이나 처녀의 발이 되고 싶었다. 봉긋한 가슴이 되고 싶었다. 눈이 되고 싶었다. 그러다 두 눈의 별이 되고 말았다.

차이나는 쉽지 않았다. 입에 자갈을 물고 연습했다. 다프네Daphne는 답답하다 말했다. 성급히 차이나에 가야 한다 말했다. 하지만 핑계였을 것이다. 그녀는 입에 자갈을 문 모습이 보기 싫다 말했었다.

"여물 씹니?"

소cow라는 뜻 아니던가. 그녀는 차이나를 향해 날아가 버렸다.

아폴론과 다프네

사랑은 사랑을 내버려두지 않는 법. 바이올린은 집어치웠다. 어학원 다니기, 예습과 복습은 필수, 소여물 씹듯, 씹어 삼킨 여물을 다시 또 씹듯, 니뽕과 짱깨를 씹고 또 씹어 드디어 니뽕과 짱깨를 자유자재로 굴리게 되자 산 넘고 물 건너 차이나에 이르렀다. 다시 또 산을 넘고 물을 건너니 니뽕도를 비껴 찬 니뽕 장수가 길을 가로막았다.

"오, 필승코리아. 니 말 잘 한담서리?"

청일전쟁이었다. 전지를 돌며 통역을 할 수밖에 없었다. 그녀를 찾을 수 있는 기회이기도 해서 나쁜 일만은 아니라고 여겼다. 하루는 장수가 아폴론에게 니뽕도를 쥐어 준다. 앞엔 중국청년 하나가 얼이 빠진 자세로 서 있었다.

칼은 도로 니뽕 장수에게로 넘어갔고 곧이어 중국청년의 목이 뎅강 떨어지고 말았다.

잠시 전운이 가실 때면 어디선가 아득히 바이올린 선율이 이는 것 같았다. 파랗게 떨며 흐르던 피처럼 어디에선가 그녀의 가슴도 무섭게 떨리는 바이올린 선율이 되고 말았을 것이다. 전쟁이 끝났다. 그녀의 서늘한 이마 위로 바이올린 선율은 날아가고 없었다.

버드bird나무는 그 곳에 있다.
아이들의 이름은 봉숭아, 봉숭호, 봉숭해였다. 고왔던 색시는 눈가에 주름을 앉힌 채 씨앗을 모다모다 고운 새끼들을 기르고 있었다. 별처럼 빛나던 이국처녀 두 눈 같은 새끼들이었다.

버드bird나무는 늘 그 곳에 있어, 바람이 불면 그녀의 머리카락처럼 흩날리고, 비가 오면 바이올린처럼 흐느낀다. 보아도 보고싶은 다프네의 그늘에 서면 허허로운 들녘을 건너는 노란 저고리, 그녀의 봉긋한 가슴이 보인다. 황산면의 황산은 그래서 황산이다. 그녀 품에 날아들고 싶을 때가 많았다.

마음은 골백번 그녀 곁인데 새끼들은 더디 컸다. 봉숭화를 낳고 봉숭하를 낳고 봉숭애도 낳았다. 환한 이마를 품은 오래고 큰산처럼 노령이 되어가고 있었다. 어느 날 부터인가 그녀의 옷자락도 같고 젊은 날 자신의 꿈도 같은 백학이 들판 가득 날아들기 시작했다.

날이 더우면 버드bird나무 그늘에서 들녘을 건너다보았다. 날이 추우면 다프네 곁에서 들에 핀 백학을 바라보았다. 그러면 자신도 백학이 되고 말 것만 같았다. 들녘은 기어이 백학리가 되고 말았다.

시지프는 아폴론의 아들 봉숭호의 딸이다. 그녀가 이 말 저 말 별 말 다 잘 하는 까닭은 아폴론의 피이기 때문이란다. 바이올린 선율도, 바이올린 비슷한 선율도, 비슷하지 않은 다른 소리도, 바이올렛도, 선율 그 자체인 바다도 좋아하고 마는 까닭은 그녀가 아폴론 처녀라서 그런단다.

버드bird나무라는 말만 들어도, 나무라는 말만 들어도, 들녘이라는, 들판이라는, 들이라는 말만 들어도, 백학과 백합, 황산과, 노란 색이라는 말만 들어도, 노란 색과 비슷하거나 비슷하지 않은 빨간 색이어도, '그녀' 라는 말만 들어도, '그녀' 의 반대말도 좋아하는 까닭도 그 때문이라 한다.

아폴론의 다프네 시지프는 아폴론이 그녀를 차이나 다프네로 착각하고 살았다고 여긴다. 지금까지도 그렇다고 확신한다. 아폴론은 지금, 도심지 아파트 짝 잃은 백학으로 살아 계시고.

아픈 여자 슬픈 남자

들은 넓었다. 들 건너 모악이 앉아 있었고 산 아래 강이 흘렀다. 긴 둑을 따라 머리를 자르러 갔고 들 건너 강 건너 사촌의 집에 놀러갔다. 움매, 하고 황소가 울면 옴매래, 염소가 놀려주었다.

가끔은 뱀딸기도 따먹었다. 어떤 뱀은 손가락에 묻었던 때도 같이 삼켰다. 때는 뱀의 뱃속에 들어가 불을 만든 내 손의 지혜가 되었다. 어떤 놈은 묻혀둔 때를 삼켰기에 교활하게 눈깔을 굴렸다. 지혜와 교활함은 동전의 양면이다.

그 놈은 똬리를 틀고 노려보았다. 저리 가!, 라고 말할 때도 있었지만 대개는 배를 땅에 깔고 용서를 빌었다. 이유가 뭐지? 묻기도 전에 걔는 내빼버렸다.

바람에 흔들리는 갈대

사돈의 팔촌 놈이 대가리를 꼿꼿이 세우고 덤벼들 때도 있었다.

그러면 나는,

"배 깔어."

명령했지만 듣지 않았다. 지그재그로 도망치면서 낭창낭창한 갈대
를 꺾어들었다. 피가 잔뜩 몰린 대가리를 탁, 후려치면 툭, 부러져버렸
다. 소주병에 넣어버렸지롱.

우해해—

북쪽보다는 남쪽이 좋았다. 북쪽엔 나숭개도 씀바귀도 보리밭의 돌

나물도 더 많았지만 높아서 답답한 그 쪽보다는 평평해서 낮은 들이 좋았다. 앞은 환하고 뒤는 어두웠다.

평등이 무언지 모른다. 평화가 무언 지도 모르지만 하늘에 기러기 날고, 땅엔 뱀이 기고, 물에 물고기 뛰놀고, 염소는 옴매래, 황소는 움매, 심심한 나는 우렁이와 대화를 나눈다.

"우렁우렁 우렁아"
우렁이는 꿈틀 더듬이를 내민다.
송사리는 송살송살
붕어는 붕얼붕얼
올챙이는 올챙올챙
개구리는 개굴개굴
물뱀은 휘리릭~슈ㅇ〰〰:>

나란히 나란히 벼가 춤추면 바구니에 담긴 밥을 날랐다. 큰 방죽에서 낚시를 하는 삼촌의 도시락이었다. 삼촌은 하필이면 뱀이 많은 큰방죽을 좋아했다. 큰 방죽은 커서 고기가 잘 잡힌다 했다.

"큰 방죽보다 포내방죽이 더 커어."

알짜배기 정보를 알려 주었는데도 양희가 빠져죽은 거기까지 점심을 내 올 수 있겠냐고 삼촌이 물었다. 귀신도 친구를 좋아한다고 그러면서.

"양희하고는 안 친했어."

소리쳤지만 소용없었다. 끝내 울어버렸고 포내방죽은 갈 일도 없어
져버렸다.

흑단 같은 머리를 풀고 껑충 큰 키에 빨갛게 부어오른 젖멍울을 내밀
며 양희귀신이 따라온다면 도망가다가 자빠져 무릎이 깨졌을 것이다.
울지도 못하고 일어서면 귀신은 히뜩히뜩 히뜩거리며 벌써 앞에서 기
다리고 있었을 것이다. 양희의 별명은 서세원처럼 튀어나온 앞니에 잇
몸까지 내 놓고 히뜩히뜩 잘 웃어서 히뜩이었다.

멍울 생긴 줄 알았다. 땀띠처럼 빨갛게 되지만 말았으면 좋겠다고 생
각했는데 다행히 멍울은 젖색이 되어갔고 젖멍울이 아플 때 급히 전학
을 갔다. 전학간 학교를 다니기도 전에 팬티는 빨갛게 변해버렸다.

피를 흘리자 몸 속에 집이 생겼다. 알처럼 둥근 집이 만들어지고 있었
다. 아기가 살 집이었다. 어미가 되려는 준비가 시작되고 있었다.

아기는 수천 수만의 실핏줄을 끊는다. 시작은 이별이 있어야 가능하
다. 둥근 집과 이별을 해야 새로운 둥근 집, 지구에 살 수 있다. 헤어지
지 못하면 살 수 없고 헤어져야만 죽지 않을 수 있다. 살기 위해서는 이

별해야 한다. 죽을힘을 다해 이별해야 한다. 아기도 울고 어미도 우는 수천 수만의 핏줄이 끊기는 아픔을 겪어야 비로소 세상이 열린다.

상상할 수 없는 아픔이기에 상상할 수 없었다. 상상할 수 있을 만큼만 아팠어도, 기억할 수 있을 만큼만 아팠어도, 이별은 없었을 것이다. 이별은 기억조차, 상상조차 할 수 없는 아픔이지만, 아픔만 남겨놓지는 않는다. 그래서 탄생은 어기차게 아픈 축복이다, 이별이다.

둥글고 큰 세상에 나온 아기는 아기집이 없어 슬픈 남자로 커갔다. 그렇게 슬픈 아비가 되어가고 있었다. 🌿

Fucking SivA Fucking siB

딩동!
소리가 나기에
당신의 편지가 도착된 줄 알았어요.
아니더군요. 또 낯선 사람이었어요.
다른 사람에게서 온 편지까지 말할 필요는 없지만
네팔에 사는 네하eye는 전혀 새로운 인물이어서
전혀 새로운 당신인 줄 알았습니다.

혹시 당신 아니었나요?
당신이었담 얼마나 좋았을까요.

오늘은 일마don't work 글마don't letter에 다녀왔어요.

내가 좋아하는 영화와
영화 포스터와 영화배우 사진과
곧 개봉될 영화 시나이루의 예고편까지
……고마웠어요. 아니 고맙지 않아서
본영화는 보지 않고 나와버렸어요.

어제는 우체국을 다녀왔어요.
혹시 하고 갔지만 역시
보낸 사람 주소가 적혀 있지 않은 우편물이었고
우체부는 매번 그냥 돌아갔어요.
큰 가방을 메고 올라오는 그는
문을 열어주지 않는다고 불평했지만
내 집은 소리가 작고 문은 두껍고 방이 깊거든요.

도장을 꾹꾹 찍고 수령해보니
『하늘나라 입구에서』라는 책이더군요.
책은 제목만 있을 뿐
365페이지에 이르도록 숫자 하나 글자 하나 없었어요.
혹시 했지만 역시더군요.
제목…… 제목도 사실 내가 지었을 뿐
표지와 속지는 깨끗, 깨끗했어요.
하늘색 종이가 책처럼 묶여 있었어요.

당신이라고 생각했어요.
이번엔 당신이었으면 정말 좋겠다고 생각했어요.
고마웠어요. 아니 전혀 고맙지 않아서
1층 관리실 계단 옆의 큰 쓰레기통에
처박아버릴까 하다가 도로 가져왔어요.
하늘색 종이가 하도 예뻐서요.
오가는 사람은 없고
직원들 몇이 우편물을 고르고 있더군요.
새벽 두 시였어요.

당신이었으면 좋겠어요.
수많은 그 낯선 사람들.
나는 당신을 찾느라 마래do say 그래do letter에 갔고
당신을 찾느라 래취미화에 갔어요.
당신이 좋아할 것 같은 달마차와
당신이 좋아하는 직업인 호스피스 학원을 갔어요.
그 뿐인 줄 아세요?
단 한 번 가 보았던 오페라에 여러 번 갔고,
시마을과 해피뮤직콜은 날마다 갔어요.
오래된 극장과 영혼휴게실,
자비마을과 샤갈의 마을,
크림트와 키쓰는 특히 더 많이 갔어요.

모두 당신이 좋아할 것 같은 집.
하지만 당신이 좋아하지 않는대도 상관없어요.
그렇게 찾고 돌아다니는 동안
마래do say와 그래do letter를 낳았고,
아름다운 꽃을 낳았고, 달을 낳았고,
마차를 타고 가서 별을 낳았어요.

죽음을 아웃풋 했고,
오페라를 아웃풋 했고,
시를 이웃풋 했고, 해피뮤직을 아웃풋 했고,
오래된 극장을 아웃풋 했고,
영혼을 아웃Put 했고, 자비를 out풋 했고,
샤갈과 크림트와 키쓰를 OutpuT 했고,
영화와 영화배우를 OutpuT, outpuT 했고,
편지와 등기물을 씨바,
OutpuT, OutpuT 했어요. SIVA.

아버지, 배가 아파요.
얼마나 더 가야
당신을 찾을 수 있을까요.
얼마나 더 멀리 가야 당신을 만날 수 있을까요.
엘리, 나를 내버려두세요.
엘리, 나를 내버려두지 마세요. 제발

Fucking 아버지, Fucking 엘리

Fucking 헤븐, Fucking 카오스

Fucking Siva, Fucking siB

FUCKING SiB, FUCKING SivaYA

아픈 나, 아픈 세상을 없게 하라

"성적표는 남에게 절대 보여 주지 말그라."

할머니는 그렇게 말하셨어요. 올수allso가 아닐 걸 걱정했던 거죠. 미우우美優하는 성적표일 까봐요. 말 잘 듣는 시지프, 비밀을 지킬 방법을 생각하다 삼켜버렸어요. 배가 아팠어요. 비밀을 지킨다는 건 어딘가 모르게 아픈 거거든요.

크로노스의 아내 레아는 막내아들 제우스를 살리기 위해 돌덩어리를 아기라 속인다.

할머니는 할아버지와 싸웠어요. 시지프의 아픈 배 때문이었지요. 부부는 일심동체라는데 가끔 이심이체가 되기도 하나봐요. 당연해요. 그들은 망각의 강을 건넜을 테니까요. 원래는 나나meme였던 일심동체가 남남youyou으로 나뉘자 나me는 나me를 잊고 남you이 되었던 거죠. 그래도 올페의 노래가 들릴 때는 일심동체인데 노래를 들으며 깜빡 졸 때가 있잖아요. 그럴 때 싸우는 거겠죠. 그 날은 시지프의 아픈 배 때문이었구요.

그녀는 성적표를 다섯 개나 삼켜야 했어요. 배가 아주 많이 아팠어요. 고통스러워하자 할머니가 말했어요.
"시지프야, 깨물고 싶은 네 입술로 할머니를 깨물어버려라."
여기서 할머니란 남you이 된 할머니, 즉 할아버지를 뜻해요.

이름처럼 현명하게 생각하려 했어요. 할머니는 소위 명문가 고명딸이었는데 천자문에 명심보감, 소학까지만 떼서 천 개의 글자이듯 한 편의 시였고, 마음은 명심같이 맑은 보배였으며, 할머니 자체가 작은 배움터였죠. 그런 할머닌 코끼리 '상'자(字)와 거북이 '구'자(字)를 좋아했어요. 象(코끼리)과 龜(거북이)였는데 글자가 귀엽다고 한 귀여운 할머니이기도 했죠.

입술 속에 이빨이 숨은 까닭은 깨물라는 뜻이래요. 이빨로 콱, 혀를 깨물어버렸어요. 비밀 성적표를 더 이상 숨기라는 말을 하지 못하게 하기 위해서였어요. 그때부터 할아버지는 말을 잃어버리고 말았죠. 죽은 말을 가진 할아버지는 말 그대로 죽어갔고. 침묵은 죽음인 거예요.

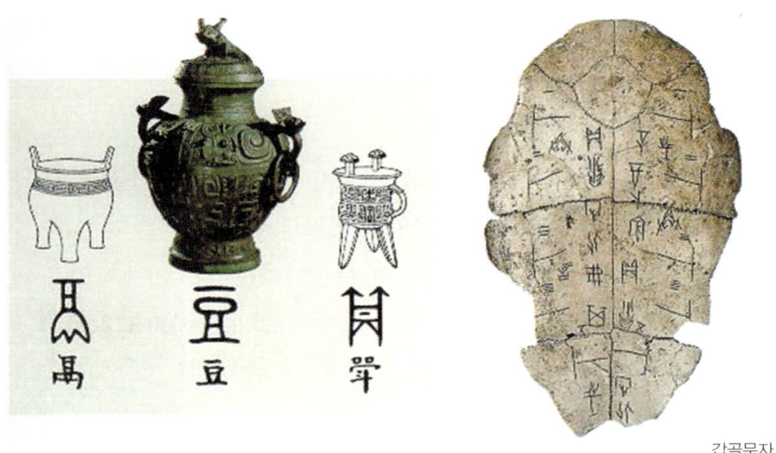

갑골문자

보세요. 말길(언로)을 막으면 죽은 사회가 되잖아요. 언로를 막아 죽은 사회가 되었던 건 저 '서울의 봄' 전후 수많은 필화사건들이 증명하고 있고요.

말이 죽자 비밀의 성적이 쏟아지기 시작했어요. 올수allso라고 생각했던 성적은 대부분 미우우였는데 과연 보기 좋지 않은 미우우는 숨기는 게 낫다는 말씀이 옳았는지도 모르겠어요. 못생긴 미우우가 반란을 일으켰거든요. 올수allso를 잡아드신 미우우는 자기가 옳소allso라고 주장했어요. 거짓말과 비밀의 역사가 시작된 거죠.

분명히 받아두었던 올수의 성적표는 보이지 않았어요. 미처 토하지 못했던 거죠. 아직도 배가 아픈 것은 그 까닭이거든요. 비밀을 밝혀줄 성적이 뱃속에 있다 보니 투명하지 못한 세상은 사각지대가 되어 죽음

꽃처럼 피어 있어요. 사각지대는 비밀지역이고, 비밀은 투명하지 못하다는 뜻이거든요.

보이지 않는 건 믿으려 하지 않죠. 비극의 역사 미우우가 진짜인지 아직도 토하지 않은 성적표가 진짜인지 헷갈릴 수밖에 없는 거예요. 얼마나 꿀꺽 삼켜 두었는지 내시경을 통해 들여다보아도 보이지 않을 때가 많아요. 그래서 비밀을 숨겨두고 싶을 땐 이렇게 말하기도 하죠.

"배 째!"

뱃속에도 망각의 강이 있나 봐요. 올수를 증명해 줄 성적표는 벌써 저 망각의 강을 건넜는지도 모르겠어요. 올페의 강의를 들어야 해요. 올페의 올수 강의를 들은 대로 올수 성적이 나와 주어야 하구요. 졸면 소통이 안 되잖아요. 소통이 안 된다는 건 투명하지 않다는 거구요. 올페의 강의 내용과 시지프의 듣기 사이에 비밀이 많다는 뜻이구요. 수업 시간에 졸지 마세요.

너무 많이 졸았던 시지프는 오늘도 뱃속에 감춰진 성적표를 들여다보기에 바빠요. 그것을 자기성찰이라고도 하는데 자기성찰의 자기는 나me이고 나me는 원래 남you이라고 불리는 또 하나의 나me였으니 자기성찰이란 내 속만 들여다보는 것이 아니라 남의 속도 들여다본다 말해도 돼요.

그것을 타인의 이해라 하기도 하고 타인과의 소통이라고도 하는데 나를 이해하고 타인을 이해하면 비밀이 소통된다는 뜻이니 아픈 배는 없을 것이고 배만큼이나 아픈 세상의 비밀인 사각지대도 없어지겠죠. 배앓이와 함께 세상앓이도 사라지는 거예요.

삼킨 비밀 성적을 토하라. 나me와 남you의 몸에 다리를 놓아 건너다녀라. 그리하여 나를 투명하게 세상을 투명하게 하여 아픈 나, 아픈 세상을 없게 하라.

풀 향기 내가 다시 만나서

미처 다 세지 못했다. 그 여름 밤, 별똥별은 셀 수 없이 많이 졌다. 몇 해가 지나 '실각성失脚星'이란 시를 썼는데 교무실로 불려갔다. 어떤 이는 눈이 무거웠고 어떤 이는 '별'이 무슨 뜻이냐고 물었다. 나는 별보다는 '실lost'에 더 중점을 두었는데, 그 때 어른들은 별star에 민감해했었다. 18년 간 동쪽 땅을 다스리던 별 하나가 떨어진 것은 우연의 일치였을 뿐인데, 그 별을 생각하며 시를 쓰지는 않았었는데.

그해 가을, 지금은 제목이 생각나지 않는 연극을 몰래 보러 다녔다. 모노 드라마였고, 여자 배우였고, 그녀는 초창기 연극계 원로의 딸이었다. 창백한 얼굴은 지금도 보이는 것 같다. 뜨거운 눈과 짙은 장미향 같은 목소리도 잡힐 것 같이 가깝다. 그러나 당시 나는 그녀보다 '잃을 실' 자에 더 빠져 있었다. 제목도 스토리도 기억나지 않는데 그녀는 뚜렷이 남아있다.

두꺼운 사전을 펴서 '실ㄱ'부터 '실ㅎ'까지 밤새 보았던 그 때, 나는 무엇을 잃었던가. 무엇을 잃고 싶었던가. 짐작컨대 잃고 싶은 것보다는 잃은 게 많다고 생각하여 아쉬워했을 테지만, 그 나이에도 그 나이만큼의 중요한 건 있었겠지.

누군가 좋아하는 노래가 뭐냐 물었다. 좋아하는 노래는 한두 곡이 아니었지만, 가을인 그 때 생각나는 노래가 박인환 시에 박인희 노래인 '세월이 가면'이어서, "지금, 그 사람 이름은 잊었지만 그 눈동자 입술은 내 가슴에 있네"라고 불렀더니 그 사람은 노래를 끊었다. "바로 그거야"라고 말하면서.

'바로 그거'란 이름이라는 허상 말고 눈동자와 입술을 말함이었다. 그 즈음 '몸'을 배우고 있던 참이었는데 오늘 잠깐 '마음 속의 몸'이란 책을 볼 일이 있어 몇 페이지 읽다 보니 '잃을 실' 자를 연기했던 그녀와 함께 그 눈동자 입술이 생각난다.

하루종일 풀 냄새가 났다. 창 밖은 풀이며 잔디를 깎느라 분주했다. 사는 곳은 둘레가 1미터는 족히 되고 높이가 30미터가 넘어 보이는 삼나무도 있고, 수령 50년은 넘어 보이는 은행나무도 많다. 잔디 깎는 모습을 지켜보다가 자귀나무를 자세히 들여다보았다. 자귀는 매화와 함께 '봉숭호의 딸 다프네'(시지프)의 조부 '아폴론'이 유난히 좋아하는 나무이기도 하다.

자귀나무를 사랑나무라고도 한다. 사랑이 뭔지 모르는 어린 나이였을 때, 조부와 조부의 처남이 사랑나무 아래에서 담소를 나눌 때 들은 말이다. 그분들은 자귀나무, 그 사랑나무에 대해 한참 이야기를 나누었던 것 같은데, 벌써 진 꽃도 있다.

지는 것, 무언가 내 주는 것, 성장점의 일부를 내 주고, 목숨의 일부를 내 주는 잃음lost은 영영 사라지는 것만은 아니다. 풀 향기 내게 왔으니 내가 되었으니 풀은 몸을 잃었어도 영영 잃진 않은 것이다. 오히려 그것은 어디서 무엇이 되었다. 풀 향기 내가 다시 만나서.

대답하지 않았다

집 앞에도 나무, 집 뒤에도 큰 나무 여러 그루 있다. 폭풍이 이는 날 창을 열다 깜짝 놀랐다. 나무 두 개가 쓰러져 있었다. 바람에 쓰러졌거니 여겼었다.

이 아침, 창 앞의 현실에 허전함 다 말할 수 없다. 나무들은 폭풍에 쓰러진 것이 아니었다. 쓰러진 나무는 두 개뿐 아니었고 밑둥치까지 잘린 채 누워 있었는데 곁가지까지 깨끗이 다듬어진 게 화장을 하기 위해 알코올에 닦인 알몸 같았다. 나란히나란히 누운 목관 같은 모습에 마음 상하다. 몸 기울여 창 밖을 보고자 했던 건 나뭇잎 사이 강만은 아니었는데 말없이 떠난 나무를 원망하기에는 나무가 서럽고 나무 같은 내가 서럽다.

본가로 돌아간다던 현경씨가 한 달을 더 미뤘다. 함께 길게 살진 못하리란 건 예상하고 있었지만 예정된 이별 앞에 발소리만 들어도 마음이 다져지는데 현경씨 발은 이상한 소리를 낸다.

"이별은 당근이야, 인생이 그런 걸, 서운해하지 마, 오이지(OK) 언니?"

주검을 처음 접한 건 서른 살 무렵 선배 언니였다. 가까운 가족의 죽음을 겪지 못한 행운을 누린 내게 운동권 선배언니의 죽음은 특별했다. 수없는 투옥 속에 위장이 말썽을 부렸던 모양인데, 예수처럼 서른 셋이 되자 병은 몸을 천 갈래 만 갈래로 찢어먹기 시작해 냉동 트렁크 속에 담겨진 쌍둥이 엄마는 얼굴이 까만 색으로 변해 있었다. 공포에 질린 내가 '언니' 라고 짧게 부르자 언니는 트렁크 속으로 꺼멓게 탄 얼굴을 숨겨버렸다.

창 앞에 비통의 강이 흐른다. 엄마의 엄마가 시름의 강을 건너갔고, 뒤이어 아빠의 엄마가 불의 강을 건너 레테의 강으로 흘러갔다. 어느 여름날 까마귀떼 같은 먹장구름이 하늘을 덮자 레테의 강, 망각의 강을 건넌 세 자매가 아홉 낮 아홉 밤을 걸어왔다. 레테의 강을 건너면 너른 들이 나오는데 그 들엔 냉동트렁크가 없다고 말해 주었다. 온돌방도 필요 없고 집과 돈을 얻기 위한 싸움도 없고 하늬바람에 바늘 땀 없는 옷자락을 날리며 산다고 말했다.

건너건너 들을 걸은 적 있다. 들 사이에 내가 있었는데 내 이름은 어진내(은하수)였다. 어진내를 따라 걸었다. 별빛과 달빛에 비친 어진내는 흰색으로 보일 때도 있고 노랑 색, 붉은 색으로도 보였다. 하늬바람에 옷자락이 날렸다.

어진내를 따라 돌아오자 사람들은 물었다.

"먹장구름이 까마귀떼였어?"

대답하지 않았다.

"그들 이름은 견우였어? 직녀였어?"

나는 대답하지 않았다. 🍃

너와 나 신화처럼

(가나) 금요일에서 일요일까지

여행 후 손톱부터 깎았다. 피아노 치듯 하는 타이핑에 며칠 사이에 길어진 손톱이 거치적거렸다. 손톱의 때는 바지락을 캐다가 들어간 개펄의 흙이었는데 조개를 캘 때는 흙조차 좋았지만 손톱 사이로 들어간 개흙은 더러운 때가 되었다. 더러울 뿐 아니라 병균까지 옮기는 무용지물이 되었다. 내게는 백해무익이었으므로 단정하게 잘라 내버렸다. 흙은 내게 항의하지 않았다. 조개 캘 때의 기쁨을 잊었냐느니, 조개와 흙을 죽인 부도덕한 손이라느니. 제 것만 챙기는 이기적인 인간이라느니 하는 꼬투리를 잡지 않았다.

낚시로 건져 올린 우럭과 백조기와 망둥이는 즉석에서 회쳐먹고, 바

여행, 그리고 바다

지락은 돌아와 된장국을 끓여먹었다. 우럭은 작아서 양쪽 살을 다 떠도 두 점 밖에 되지 않았는데 두 점을 한 번에 집어먹어도 시원찮았다. 살이 연한 백조기는 껍질도 벗기지 않고 뼈도 발라내지 않은 채 토막내 삼켜버렸고, 망둥이는 껍질만 벗겨 놓았다. 제집 바다인 줄 알고 열심히 흙을 토해 낸 바지락은 흙 한 점 모래 한 알 없어 후루룩 쩝쩝 맛있게 먹을 수 있었다.

바다가 좋아, 파도가 좋아, 노래를 부르니, 옆에 있던 사람이 나를 위해 어부가 되어주겠다고 했다. 5년 뒤 과연 그는 어부가 될까.

해변에서는 가벼운 물살이더니 방파제에 부서지는 파도소리는 웅숭깊었다. 깊고 음울한 그 소리는 누군가의 깊고 깊은 발부리를 끌어들이는 소리였다. 검고 긴 머리카락을 휘감아버리는 소리였다.

라이터를 선물 받았다. 불을 건네준 그 사람 프로메테우스는 밤을 새워 공부하라 했다. 책은 같잖아 읽지 못하니 무슨 공부를 어떻게 해야 할지 감을 못 잡겠다. 현기증 나는 서울이 깊어가고 있다.

(나다) 달 뜬 바다, 이상한 대화, 낯선 기억

'입이 다 찢어졌네', '현명함도 잠시이리, 찢기지 않은 네 입이여' 와 같은 그녀의 말은 '네가 여러 종류의 고기를 안았듯, 땅은 여러 종류의 사람을 안고 있구나.' 로 이어졌고, '자살하러 왔니, 그렇담 다행이구나.' 로 시작된 미늘에 걸린 물고기와의 대화는 '눈을 감아, 살이 도려질 땐 눈을 감고 있으라구. 도막난 네 느낌은 어떻니, 껍질 벗은 살갗이 따갑진 않니?' 와 같은 술주정 수다로 이어졌기 때문이다.

해질 무렵에야 정신이 든다는 그녀는 '황금시대가 은시대로 바뀌어가네?' 라고 말했지만 그녀는 자꾸 '금빛물결이 은빛물결로 바뀌어가네',라고 말했다고 우겼다. 그녀의 애인조차 '곧 달이 뜰 거야. 달 뜬 바다, 청동시대가 되면 머잖아 비극도 시작될 거야.' 라고 했는데 바다는 생각보다 빠르게 달을 토했고 생각보다 빠르게 그들의 청동시대가 도래하고 있었다.

그녀와 그녀의 애인의 횡설수설에 기분 나빠진 나도 서둘러 짐을 챙겨 그들의 바다를 빠져나왔다. 돌아온 서울은 해 뜬 대낮같이 밝았고 황금시대를 구가하는 강남에 달 같은 건 뜨지 않았다.

그녀는 술에서 깼을까. 짐 챙겨 떠난 바다를 아직도 지키고 있을까. 그녀의 애인은 그녀 곁에 있을까.

(다라) 뼈와 살이 타는 소리

네가 알아들었을 리는 없을 것이다. 목소리는 낮았고 너는 먼 곳에 있었기 때문에 파도가 잡아먹지 않았더라도 소리는 들리지 않았을 것이다. 사랑한다는 그녀의 말은 갓 들여온 외래어처럼 낯설었을 것이다. 무슨 뜻인지 알 수 없을 너는 고개를 갸우뚱거리며 이렇게 물었을 지도 모르지. "이게 무슨 냄새지? 살 타는 냄새?" 그럼 그녀는 이렇게 대답했겠지.

"머리카락 뼈가 타는 냄새란다."

"냄새 나, 냄새 나."라고 말하던 네가 곧 쓰러졌을 지도 모르고 쓰러지며 웃음 짓던 네 얼굴이 세상을 놓아버리는 순간의 기쁨인지를 알 수 없던 그녀는 너보다 더 환한 웃음으로 대답했을 지도 모른다. 그러다 그게 아닌 줄 알게 된 그녀는 통곡하는 파도처럼 너를 불렀을 것이고, 반미치광이가 되어버린 네 엄마 같은 그녀는 날카로운 칼끝으로 너를 찔렀을 것이다. 멈춘 네 피돌기를 다시 돌게 하려고 미쳐버린 바늘 끝이 너를 난자했을 것이다.

너는 돌아왔니? 네 엄마 같은 그녀에게 네 엄마 같은 그녀의 환한 미

소를 보여줄 수 있었니? 네 피는 그때처럼 다시 돌고 있니? 네 엄마 같
은 그녀의 칼끝은 영영 미쳐버리지는 않았는지.

(라마) 너와 나 신화처럼

네가 있었어.
딱 절반 오백 마일에
칠일간 울고 삼일간 웃던 오션 짚시가 있었어.
아홉의 무사이Musai가 열이듯,
너 멜포메네Melpomene는 우울하고 어색하게 춤추었어.
빛이 밝은 해변의 무사이는 정확한 다섯.
그중 하나가 핏빛의 원피스이듯,
열 명의 무사이보다 더 나풀거리는 나비이듯.

서사시와 서정시, 비극과 희극,
오페라와 찬가와 연애시,
역사와 천문학은 아홉이지만
또 한 그림자가 있었어.
유령 같은 하나님이, 또 다른 신이,
네가 끼워 준 당당한 시지프가 있었어.

16세기의 그림 속으로 걸어간 너
오래된 기억으로 오고 싶어했지.

하나의 비극으로는 모자랐던 거야.
너와 나, 오랜 비극의 신화일 수밖에 없었던 이유지.

서사시 칼리오페Calliope와
서정시 에우테르페Euterpe,
탈리아Thalia 희극과
비극의 멜포메네Melpomene,
테릅시코레Terpsichore 오페라와
찬가의 폴림니아Polymnia
그리고 연애시 에라토Erato,
나머지 클레이오Kleio의 역사와 나머지 천문학,
이렇게 꽉 찬 아홉 명에 하나 또 있었지.
거기 신화처럼 너와 나 함께였어.

비극이라도 좋았어.
21세기에서는 춤출 수 없는 너,
서울에서는 춤출 수 없는 나.
네가 내 손 잡아 비로소 존재하는 너의 이데아
16세기처럼 걸어온 너는
부끄러운 치마 가린 내 손 잡아주었어.
그렇게 그림처럼 춤추었어.

태양의 바다엔 다섯 자매 춤을 추어.

21세기의 바다엔 오페라Terpsichore가 된 네가 살아.
네 손 잡아 찬가Polymnia 된 시지프가 있듯
너의 이데아가 되고 만 내가 살고 있어.
21세기의 바다엔.

멋지게 연애나 하세요

  청춘의 한 자락은 이후 삶 곳곳에도 펼쳐져 있다. 기억으로는 눈이 두 텁게 내렸을 것이다. 같은 눈이 와도 해안엔 더 쌓이는 모양인데, 그 해 겨울 바닷가 도시에서, 그 해 눈의 중심이 내리던 날, 외국인 남자와 마주앉았다. 영어가 모어인 가족의 후배이자 제자였다.

  학연도 지연도 아닌 생소한 남자가 그것도 외국인이 나를 보고 싶어 한다는 말에 설렘도 없진 않았지만, 스무 살 때부터 '양키고홈'이 귀에 못이 박혔던지라 왜 하필이면 나를? 이었다. 눈만 빼꼼하고 나머지는 수염인 외국인은 내게 무슨 말이든 시켜 보려 했지만 수줍음도 많은 데다 영어도 잘 못하니 입을 가리고 웃기만 했는데 가린 입 속에서 자

꾸 '양키고홈'이 나오려 해서 반푼수처럼 보이지 않았었는지 모르겠
다.

손톱에 들인 봉숭아꽃 물이 첫눈 올 때까지 남아 있으면 첫사랑이 이
뤄진다는 전설이 꽤 번성하던 때였다. 내 새끼손가락에 반달로 남은
봉숭아꽃 물이 특이하게 비쳤나 본데, 손짓발짓 다 했어도 봉숭아꽃
물든 손톱의 정서까지는 전해주지 못했었다. 만약 한국여성과 결혼했
다면 덥수룩이의 아내가 손톱에 꽃물을 들이고 첫눈이 오기를 기다리
는 사람이었으면 좋겠다. 손톱에 머문 수줍음이 반달에서 그믐달로 질
때까지, 그 다음 봉숭아가 또 필 때까지도 첫사랑의 정서를 가질 수 있
는 아내이기를 바란다.

멋지게 연애나 하세요

어느 날 전화가 왔다. 그 사람은 울먹이더니 얼마 못 가 통곡했다. 친
구가 자살했다고 했다. 자기 집, 자기 방에서 시체로 발견되었는데 계
속되는 결근을 더 이상 미룰 수 없어 출근했더니 기어이 일을 저질렀
다고 말했다. 새벽시간이었지만 나가주고 싶었는데 한사코 거절했다.
자살자는 이혼 직후였다고 한다.

글 써서 밥 먹고사는 친구가 있는데 한동안 만나지 못할 때가 있었다.
나중에 안 사실이지만 그 기간 그녀는 일생일대의 심각한 스트레스를
받는 사건을 겪고 난 후였다. 그 기간 공교롭게도 새로운 일이 시작되

〈판도라의 상자〉 존 윌리엄 워터
하우스

어 하루종일 원고만 쓰고 있었다며 쌓인 원고더미를 보여주었다. 누가
썼는지 모르는 상태에서 나도 그 글의 몇 꼭지는 기억하고 있었는데
주인공은 바로 그녀였다. 내가 하고 싶은 말을 그녀가 대신했다.

"나 지독하지?"

그녀는 반대로 시골 친구네집에 놀러갔었는데 새벽 냇가에 세수하러 나갔더니 글쎄 그 친구가 근처 나무에 빨랫줄 같은 걸로 목을 매 있더란다.

얼만큼 큰 고통과 근심이 죽음을 부를 정도인가 가늠하기 힘들지만 제우스가 판도라Pandora를 통해 주었다는 질병, 심술, 늙음, 죽음, 굶주림, 정신착란, 질투는 죽음을 향하게 한다. 호기심이 아니었다면 그 모든 것들이 생길 리 만무했으니 호기심이란 많은 것을 망쳐놓기도 하고 많은 것을 살려놓기도 한다. 호기심에 살인도 하고 호기심으로 학습도 하여 인간의 질서를 만들기도 하니 세상의 잘못된 질서와 법칙을 제우스에게 따져야 할 판이다.

주변에 글 쓰는 이들 중 건강하지 못한 몸을 가진 이들이 꽤 있다. 유명한 사람도 있고 그룹 안에서만 이름 있는 사람도 있지만, 이름값 없이 다른 방향으로도 가지 못한 글쟁이들은 체념과 한숨이 덕지덕지 붙은 모습이기도 하고, 구름 같은 허망한 모습이기도 하다. 초탈한 듯 애쓰면 애쓸수록 그 모습은 더한 것 같다.

표현욕구에는 이유가 있을 수 없다. 자생의 생명력을 그 누가 막으랴. 질긴 생명력 앞에서는 법칙도 질서도 품성도 무용지물이다. 법칙의 당위성, 질서와 품성의 당위성은 생명을 파괴하는 역할을 더 많이 한다. 그러므로 자살은 없다.

　한때 그래도 좀 이름 있는 소설가였다가 가르치는 것을 업으로 삼은 후배가 그런다.

　"글 같은 거 쓰면 뭐해요. 유명해지면 또 뭐하겠어요? 괜찮은 남자 만나 멋지게 연애나 하세요."

기억과 신조어 만들기

(가나)

미루나무 한껏 키를 세운 여름.

미루나무가 다가왔고 미루가 물러섰다.

키 큰 나무가 넘어지고 있었다.

자꾸, 자꾸만 뒤로 넘어지고 있었다.

눈이 반짝이던 그 애는 나를 바라보았다.

손바닥에도 꺼먼 구두약은 묻혀 있었다.

그 애는 점차 슬픈 눈이 되어갔다.

두꺼운 유리창 저 쪽에서 내 얼굴을 만지듯

유리를 쓰다듬고 있었다.

부끄러운 나는 나무를 쳐다보았다.

나무는 자꾸, 자꾸만 뒤로 쓰러지고 있었다.
고개를 돌린 그 후
키가 커진 총각 같은 그 애를 다시 볼 순 없었다.

(나다)

"손님이 원하시는 건 오피움Opium일 것 같아요. 몽롱함 있죠? 후후.
감기 걸렸을 때처럼요. 약간의 두통이 있을 때처럼 말예요. 아편이란
뜻이죠. 후후."

욕실에서 나와 거울 앞에 선 나는 귓불에 묻은 향수를 손가락으로 걸
어내지 않았다. 따뜻하고 부드러운 향기를 찾으니 향수 가게 여주인이
디오르Dior의 오피움을 내놓으면서 하던 말이었다.

먼저 가신 아버지 대신 할아버지는 언제나처럼 나를 데리고 기차여
행을 하셨다. 그러던 어느 날 열차 출입문의 두껍고 흐린 유리 너머로
나를 바라보는 눈이 있었다. 잿가루 대신 구두약이 묻어 있었던 얼굴.
차분하고 깊게 응시하던 눈빛을 나는 피하고 말았었다. 젖멍울이 아프
게 커가던 사춘기의 절정이 오고 있었으니까. 창 밖에 던져둔 눈으론
진초록 이파리들이 무성한 키 큰 미루나무들이 자꾸만 뒤로 물러서는
모습이 들어왔다. 조숙했던 나의 첫사랑이었다.

그 앤 머슴이었다. 요즘엔 아는 사람도 별로 없을 단어인 새끼 머슴.

학교에서 돌아오는 나
를 기다렸다가 꼭 거기
쯤에서 하필 닭들을 데
리고 나와 모이를 주었
다. 그중 사나운 닭이
종아리를 쪼고 스커트
자락을 헤집어 올라타
면 질겁한 내가 기어이
울음을 터트리고야 닭
의 대가리를 걷어찼던
그 애. '이 씨벌롬의 닭
들이 왜 이 지랄여', 화
난 듯 말하던.

날개짓 하는 닭

　그 길은 지름길도 아니었다. 그런데도 그 길을 고집했었다. 어쩌다 그
애가 안 보이는 날이면 난 일부러 그 애를 향했는데 재를 나르던 그 앤
재간에 서서 눈빛으로 나를 불렀다. 막 퍼낸 희붐한 재들이 쌓인 재간
은 몽롱하고 따뜻했다. 혜민은 내 목에 팔을 두르고 머리카락 냄새 맡
는 걸 좋아했다. 그럴 땐 동그란 내 배 위로 따뜻한 그 애 몸이 느껴졌다.
혜민은 나를 조금 밀어놓고 고개를 숙여 내 눈에 자기 눈을 맞추면서
웃음을 지어 보였다. 가지런한 눈썹, 고르고 하얀 이.

　그날은 학교에서 늦게 돌아왔을 것이다. 할머니가 부엌에서 저녁을

짓고 계셨는데, '성덕이 도망갔다'. 떨리는 목소릴 감출 수 없었던가. '병신 굴러 들어온 호박을 넝쿨째 걷어찼구만. 잘했구만.' 할머니처럼 말하다가 끝내 눈이 흐려졌고, 할머닌 엷은 미소를 지으셨던가. '우리 영이가 성덕이 좋아했구나.' 이윽고 눈물이 쏟아질 것 같던 나는 부엌을 뛰쳐나와 텃밭의 시키지 않은 파를 뽑아와 눈물을 숨겨 두었었다.

혜민이 내게 보여준 마지막 얼굴 역시 그때 그 기차 안의 두껍고 흐린 창 너머로 손을 편 모습이었다. 내 시선과 맞춰보려는 듯 칸 사이를 오래 서성대던 혜민은 출입문 창에 내 얼굴이 겹쳐졌는지 유리를 쓰다듬었다. 서늘한 눈빛의 웃지 않는 얼굴…… 이상하게 얼굴이 화끈거리던 난 또 고개를 돌려 미루나무를 바라보았었다. 미루나무는 물러서면서 자꾸만 넘어지고 있었다. 박혜민이었던 정성덕. 그 기와집을 거쳐간 사람들은 모두 정씨 성을 달고 나갔었다. 세월은 그렇게 검은 구두약처럼 흘러가고 있었다.

(다라)

윗 글 (가나)와 (나다)는 글형식이 다르다. (가나)는 운문 형태이고 (나다)는 산문 형태이다. 공통점은 소재와 주제가 같다는 것이다. (나다)는 나의 졸 단편소설 「아프리카」 중의 일부이다. 그런데 이 글은 소설이 되지 못하고 있다. 이 전체 글의 장르를 굳이 따지자면 수필이라고 할 수 있을 것이다.

갑자기 왜 장르 이야기냐면, 『시지프의 신화일기』의 장르적 규명을 스스로 해 보고 싶었던 이유가 그 첫째이고, 두 번째는 이 복합장르가 기존 신화의 어떤 부분과 매우 유사하기 때문이다.

무사이Musai를 기억하실 거다. 현대어로는 뮤즈(음악)라 불리는 이들 무사이는 제우스와 므네모시네(기억의 여신)의 딸들로 모두 9명이다. 그들은 각각 서사시, 역사, 서정시, 비극, 합창단의 춤과 노래, 연애시, 찬가, 천문학, 희극을 주재했다고 한다.

이들의 부친이 제왕이고, 모친은 기억의 여신이라는 점을 상기하자. 무사이의 현대적 해석은 문학과 음악, 역사와 천문학인데 이들이 모두 기억 속에서 탄생된 것이란 뜻이나 다름없다. 다시 말해 이들은 기억 의 제왕인 것이다. 좀 더 단순하게 말하면 기억이 모든 것이라는 뜻이 다. 즉, '태초에 기억이 있었다' 라고 해석해도 무방하겠다.

(가나)의 운문과 (나다)의 소설이었던 산문을 결합하니 수필이 되었 는데 여기에 (다라)의 해설까지 덧붙이니 이 글은 수필에서도 중수필 이 되었다. 그런데 (가나), (나다)의 글을 신화적 해석과 결부시키고, 신 화의 또 다른 해석도 하였으니 짧은 비평문이라 해도 틀린 말은 아니 다.

무사이가 맡은 각각의 영역에서 성질이 다른 것은 소리로 표현되는 음악이다. 기타 나머지는 모두 언어이다. 그런데 그들을 합해 무사이라고 말한다. 윗 글이 부분적으로는 다른 형태의 이름을 가졌듯 (시, 소설, 수필, 비평) 무사이에게도 각기 다른 이름이 있었다. (서사시, 역사, 서정시, 비극, 합창단의 춤과 노래, 연애시, 찬가, 천문학, 희극)

내 글에 마땅한 장르 이름이 주어졌으면 좋겠다. 제우스와 므네모시네Mnemosyne에서 난 아홉 딸을 무사이라 말하듯 나의 『시지프의 신화일기』에도 마땅한 장르 명이 주어졌으면 좋겠다. 다른 많은 것들이 그렇듯이, 이름을 갖고 싶다. 신화일기도.

'그냥 수필이라고 해!' 라고 한다면 무수한 신조어들의 존재이유를 생각해 볼 것이다. 그러나 반감도 가지게 될 것이다. 왜 문학영역에서는 장르적 신조어가 나오면 안 되지? 기존에 꽉 짜인 틀에 모든 글을 억지로 밀어 넣어 맞추려 하지 말라구. 그러면서 인문학이 죽어간다고 한탄하지도 말라구! 변화를 막을 순 없다. 변화를 강제력으로 막는 건 악이다.

아닌 게 아니라 신화에서는 무사이를 괴롭히는 피레네우스라는 사나운 인간이 등장한다. 그는 남의 땅을 불법으로 빼앗고, 왕을 자칭하면서 무사이에게 수작을 건다. 수작을 거는 피레네우스의 말을 믿은 무사이가 그의 궁전으로 들어갔는데 날이 맑아 떠나려 하니 피레네우스는 왕궁 문을 걸어 잠그며 무사이를 죽이려 했다. 무사이는 숨겨둔 날개를 펼쳐 하늘로 날아올랐는데, 쫓아가던 그 자는 날개가 있지 않았다. 머리를 앞세우고 떨어졌다 하는데 변화의 흐름을 강제력으로 막

으려는 자, 그대의 머리에서 흐른 피가 대지를 붉게 흐를 것이다. 🍃

마르세이유 미술관 〈뮤즈〉

옛날 옛적 한여름 정원

　아프고 슬픈 기억은 밀쳐 두기로 한다. 덥고 짜증나는 인간사는 기억의 저편으로 일단 보낸다. 그리고 눈을 감는다. 정원이라 하기에는 작고 초라한 꽃밭엔 여름 꽃이 몇 피어 있다. 처절하도록 화려한 꽃은 칸나다. 찬바람만 살짝 불어도 꺼멓게 변해버릴 칸나는 고독하게, 빨갛게, 크게 피어 있다.

　봄 한철 수선화가 있었던 자리에는 채송화, 봉숭아가 피어있고 한껏 부푼 살을 내밀던 장미 그늘에 사루비아, 다알리아, 백일홍, 백합도 봉오리를 내밀고 있다. 함박꽃 작약도 한 그루, 해거름녘에나 필 분꽃, 가을에나 필 코스모스도 한두 개 이른 꽃잎을 내밀고 있다. 아이가 꽃씨를 받아둔 꽃이라 한다.

여러 꽃들이 만발한 화원

　마루에 걸터앉은 그녀는 도시의 습성을 그대로 갖고 왔는지 뜨거운 커피잔을 들고 있다. 그녀의 눈엔 여름 꽃이 만발해 있지만 그녀의 가슴은 겨울이다. 눈에 핀 꽃들은 눈송이인지도 모른다. 바람 한 점 없는 여름 한낮 뜨거운 햇볕이 머문 마당엔 눈 가득 쌓이고 찬바람 그 위를 날고 있다. 그녀 치맛자락이 늦가을처럼 쓸쓸하다.

　꼬마가 마당을 가로질러 뛴다. 아이의 수박속 같은 얼굴엔 땀방울이 맺혀 있다.

　"엄마!"

꼬마가 그녀를 부르나 보다.

"엄마, 눈감아 봐, 그리고 손 내밀어, 빨리이."

녀석은 즐거워 죽겠다는 표정이다. 눈감고 내민 손에 잠자리 한 마리
가 놓인다. 까실까실한 삼베이불 같은 날개, 거친 삼베올 같은 발가락
이 손바닥을 간질인다. 그녀는 잠시 즐거운 손바닥이다. 아이는 잠자
리 날개처럼 마당을 가로질러 기억 밖으로 사라진다.

작은 상자에 잠자리를 놓으니 잠자리 날아간 자리엔 연필이 몇 자루
놓여있다. 연둣빛 큰 상자엔 설록차와 녹차캔디도 담겨 있다. 옆으로
돈이 들어 있지 않은 은행통장이 등을 보이며 누워 있고, 제법 비싸 보
이는 영국제 머그컵이 두 개 있다. 4개 세트 중 가장 아끼던 바이올렛은
지난 학기에 근무했던 학교에 놓고 왔다. 바이올렛 컵이 짐 속에 없는
걸 알았지만 잊은 척 했다. 짐은 어린 숙녀가 꾸렸었다. 잠처럼 달콤하
고 꿈처럼 몽롱한 숙녀.

꿈은 꽃밭, 그녀는 작은 정원에서 나가지 않는다. 그녀의 연인 아도니
스Adonis를 만나는 여름의 정원에서, 오르페우스Orpheus의 노래를 들으
며 꿈을 꾸고 일기를 쓴다. 비의문서인 듯한 일기를, 마음의 편린들을
그녀는 화원에 묻어 두었다. 꽃밭은 그녀의 일기장이다.

이야기꽃은 늘 그렇게 피었다.

옛날 옛적에~

　그러나 말들을 우울하다. 기분과 관계없이 그것들은 배치와 연계를 요구한다. 즐거움이란 우울함이다. 어제도 편지를 몇 통이나 받았다. 알 수 없는 이야기들.

　편지 속엔 마음이 아픈 병을 앓고 있는 사람들이 가득 살고 있다. 그녀가 모르는 사람은 그녀가 모르는 누군가를 만나고 싶은가 보다. 그런데 적어도 20년 후에나 만날 수 있을 것 같다는 말이 쓰여 있다. 그녀에게 하는 말인지 다른 누구에게 하는 말인지, 메일에 적힌 글자는 비의문자다. 그해에 그가 나타날까. 그때 그는 살아 있을까. 그녀는 살아 있을까. 조금도 확언할 수 없는 미래 앞에 기약이란 가능한 걸까.

　붉은 꽃잎, 푸른 잎사귀는 모든 소통을 거부하고 꽃밭에 앉아 있다. 그녀는 작은 정원에 심어져 있다.

제발 제발

　우울을 털어 버리세요. 가끔 여행도 하시고 밥도 잘 챙겨먹으세요, 같은 말만 하지 말아 줘요. 인생은 즐거운 거잖아요. 그런 말일랑 제발 하지 말아요. 꽃향기로 족해. 꽃잎 흔드는 바람 조금이면 족해요. 그러니 꿈의 꽃들이여. 작은 꽃밭 한여름 정원이여. 옛날 옛적에.

네오네스코? 유일신 창조씨

네 명이기에 네오네스코였다. 네 명의 혈액형이 모두 O형이어서 네오였지만 혈액형처럼 그와 그들, 나와 우리는 같을 수 없었다. 그러나 세상의 비극을 하나일 수 없는 데서 찾지 마라. 시간이 멈추면 하나일 수 있으니 육체와 의식이 하나되듯 시간 하나면 하나일 수 있다. 죽음처럼 하나일 수 있다. 죽음이라고 해서 두려워도 말라. 들숨과 날숨은 정지한다. 이어짐으로 착각할 뿐, 생명도 정지한다. 하나됨의 죽음은 삶의 사이일 뿐이다.

네오네스코는 이오네스코Ionesco처럼 부조리해서 둘은 각각 다른 시각에 도착해 있었을 것이다. 나머지 둘도 각기 다른 시각에 도착했다. 상관없었다. 의미가 배리이므로, 시간조차 그러하므로.

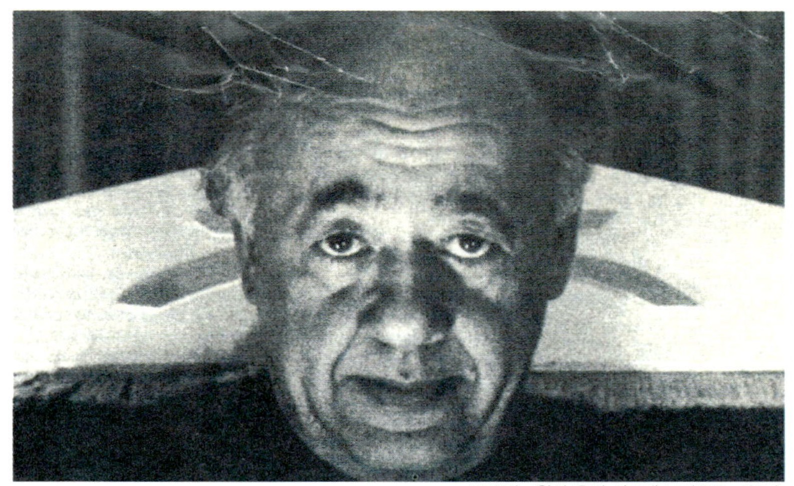

  공교롭게 '큰 글 잘 갈 기'도 빈 수첩이었다. 비었다는 건 죽었다는 것. 육체 안에 의식이 비었을 때, 의식 안에 육체가 비었을 때 그것은 죽음이다. 하지만 대수랴. 더러는 비우고 더러는 채우는 게 생명의 본질인데 수첩의 본질이 생명의 본질보다 더할 소냐. 죽은 듯한 길도 움직이던 걸. 누워 있다고 죽진 않았던 걸. 대머리 여가수가 밤 아홉 시로 죽었어도, 마틴부인과 스미스 부인과, 하녀 메리와 그녀들 각각의 짝들은 생명이던 걸. 시간에 의미가 없더라도 공간에는 의미가 있는 것, 의미의 모든 것을 흐르는 시간에서만 찾지 말라. 그러니 네오네스코가 하나였던 적이 한 번도 없었을 거라는 망발도 금물. 의미가 없으면 무의미는 또 어떤가.

  멈춘 시간 속에 거리가 이동하고, 불빛이 흐르고, 수천 수만 네스코가 여기서 저기로, 저기서 여기로, 움직이더라. 하나네스코 개체는 천 개의 천오네스코로 보일 때도 있더라. 착각이라 마라. 보지 않으면, 느끼지 않으면, 살지 않으면, 착각도 없다. 삶이 착각이다.

"우리 삶이 연극이라 했습니까?"

누군가 착각의 시간을 깨웠을 것이다. 그러나 아무도 말하지 않았을 것이다. 각각의 하나네스코가 혜화동에 움직일 뿐, 개체는 개체대로 군집은 군집대로 흘러서 이동할 뿐. 그때 종로에서 혜화동까지 걸어온 책이 명랑하고 발랄한 목소리로 말을 건넸다.

……, the Theatre of the Absurd(부조리극) merely communicates one poet's most intimate and personal intuition of the human situation, his own sense of being, his individual vision(시인의 직관) of the world. The action in a play of the Theatre of the Absurd is not intended to tell a story(스토리를 전달하는 게 아니라) but to communicate a pattern of poetic images.(시적 이미지) In this, the Theatre of the Absurd is analogous to a Symbolist(상징주의자) or Imagist poem(이미지스트), which also presents a pattern of images(이미지 형태) and associations in a mutually interdependent structure. The poetic image, with its ambiguity(모호함) and its simultaneous evocation of multiple elements of sense association(다중적 의미결합), is one of the methods by which we can, however imperfectly(불완전하다 할지라도), communicate the reality of our intuition(직관의 실제) of the world.

"의미가 뭐죠?"
라고 어떤 개체가 물었다.

"보이는 것만 보시오. 뜻 모르는 글자를 신경질적으로 읽을 필요는 없소. 다만 느끼시오. 인생이 뭐냐 화를 낼 필요는 없소. 한숨 따윈 짓지 마시오. 왜 하나가 될 수 없냐, 의문을 가지지도 마시오. 그냥 보시오. 그저 느끼시오."

한 개의 목소리가 끝나기 전에 가슴으로 사는 목소리가 말했다.

"꽃이 핌에 이유가 없소. 비 내리는 까닭이 따로 없듯, 달라면 주고 필요하면 달라고 하시오. 줄 게 없으면 주지 마시오. 안 주면 달라고 하시오. 다른 데로 옮기시오. 다른 데로 또 옮기시오. 거기서도 안 주면 교환하시오."

그러자 또 다른 목소리가 다음과 같이 대답했다.

"즉, '나'를 주시오. 사는 대로 사시오. 그냥 사시오. 느끼는 대로 느끼고 사는 대로 사시오."

책은 처음처럼 발랄하고 명랑하게 종로로 되돌아가는 모양이었다.

사라져가는 책을 보며 처음의 개체가 다시 말했다.

"몇 시일까요?"

그러자 다른 개체가 말했다.

"네오네스코는 이오네스코의 곱절이겠죠? 덧셈일까요?"

또다른 개체가 이렇게 말했다.

"중요한 건 서해바다에 가는 거라구요."

드디어 마지막 개체는 말했다.

"저기 유일신 창조씨가 걸어오는군요."

그러자 누군가 묻는 듯 했다.

"유일신은 하나일까요?"

말꽃

오랜만에 책들을 보았습니다. 에드워드 사이드의 *Beginning*과 『메타크리티시즘』, 더 보고 말 것도 없는 『페미니즘과 언어이론』, 어제 가 버린 현경씨는 오디오 옆의 아래에 꽂혀있는 성채를 보더니 그것을 얼마나 감동 깊게 읽었는지 꿈꾸는 듯한 눈빛으로 말하고 있었습니다.

언제나 저런 책을 쓸 수 있을까 생각했었답니다. 그래서 나는 책을 쓰기보다는 책을 읽을 수 있는 삶을 더 원했었다고 말했어요. 갑자기 놀란 눈이 되더군요. 기왕이면 책과는 관련 없는 삶이 더 좋진 않냐고 물었더니 그녀는 생각에 잠기는 눈이 되어갔습니다.

슬며시 웃더군요. 음악조차 들리지 않을 땐 방문을 몰래 열어보았다는데 죽었나 걱정이 되어서였다는군요. 방문을 열 때 얼마나 떨렸을까.

미안했어요. 주검이라도 발견하는 날엔 어떻게 하려고 그랬는지. 그런데 그녀가 삶과 죽음의 경계를 무엇이라 생각했었는지 궁금했지만 물어보진 않았습니다. 어쨌든 그녀는 잠자는 나를 깨운 적은 없었으니까요.

잠을 자는 동안 나는 내가 어떻게 살아있는지 알 수 있었으면 좋겠다고 생각했습니다. 그런데 조금 걱정이군요. 말없이 친절한 또 다른 친구가 들어오지 않는 한 삶과 죽음을 확인시켜 줄 누구 하나 갖지 못할 텐데 말입니다. 매일 매시간 나를 바라보고 있는 창 밖의 나무가 말해 줄까요. 받지 않을 전화벨이 암시를 줄 수 있을까요.

산 속에 든 암자라는 곳을 한껏 욕심냈을 적 누군가 조용한 곳을 두 군데쯤 제시해 주었지만 그만두었습니다. 생각해 보니 내 방이야말로 최고의 첩첩산중이더군요.

지금 사는 집과는 다른 집도 있습니다. 거기 가끔 들르는 '물루' 가 있습니다. 그는 마치 내가 문을 열기만을 기다리고 있던 사람처럼 문을 열자마자 들어왔었습니다. 집을 어디에 정할 것인지 미리 알고 있었던 듯 말이지요. 그다지 놀라진 않았어요. 왠지 모르는 익숙함 때문이었다고 할까요.

대접할 만한 게 마땅찮았으므로 걱정이 될 때도 있었지만 왔다 간 흔적만 보여도 반가웠어요. 특히 내가 머칠 집에 들어가지 못하면 물루는 어김없이 멜로디를 남겨두었는데 아마도 현경씨처럼 문을 빼꼼 열어보았음에 틀림없어요.

그러던 어느 날 이름 뜻이 궁금했어요. 그날도 이틀인가 삼일인가 집에 들어가지 못했는데 물루는 말없이 뮤즈를 놓고 갔더군요. 세상만사를 그냥 이해하기로 했으므로 궁금증 같은 건 가지지 않으려 했지만 그래도 궁금했어요. 기어이 나는 묻고 말았죠.

물루는 무슨 뜻이예요? 혹시 지향성 같은 게 있나요? 그저 독백인가요? 아님 그저 주어진 뜻인가요? 혹시라도 무의미?

대답할 리 없었습니다. 죽은 듯 속으로만 물었으니까요. 그러자 궁금함은 커져만 가더군요. 물은 만물이나 일이나 무리나 총류를 뜻하는가요? 말다, 말아라, 아니다, 없다, 인가요? 아득하다, 깊고 어렴풋한 모양, 숨다, 숨기다, 인가요? 산이 높다, 인가요? 아니면, 새벽, 어둑어둑하다, 빠른 모양인가요? 아니면, 일찍이 아니하다, 인가요? 아니면, 고운 가루인가요? 아니면, 말(다)인가요? 아니면, 황홀하다, 순무, 홀, 아둔한 모양, 빽빽하다, 희미하다, 인가요? 라고 노트에 적어두었습니다.

혹시라도 물으면 난처해하거나 난처하지는 않더라도 바쁘거나 졸리다는 이유로 대답하기 싫어할 것을 염려하여 노트에 또 적어두었습니다.

루는 묶다, 동여매다, 새끼를 찾는 어미소, 수컷을 좇는 암컷의 새끼
인가요? 아니면, 다락, 다락집, 망루, 겹치다, 포개다, 인가요? 아니면,
새다, 스며들다, 틈으로 나타나다, 구멍이 드러나다, 구멍, 틈인가요?
아니면, 좁다, 장소가 좁다, 견문이 좁고 적다, 낮다, 신분이 낮다, 인가
요? 아니면, 눈물, 눈물 흘리다, 촛농이 떨어지다, 인가요? 아니면, 진,
성채, 쌓다, 포개다, 성(姓)인가요? 여기서 성은 성이나 겨레나 아들인
가요? 라구요.

　그리고, 루는 실, 실의 가닥, 실처럼 가늘고 긴 것, 명주인가요? 아니
면, 창窓, 광창光窓, 씨 부리는 수레인가요? 아니면, 남루하다, 헐벗은 모
양, 또 해진 옷, 깁다, 해진 곳을 깁다, 옷깃인가요? 아니면, 별이름, 성기
다, 드문드문하다, 거두다, 인가요? 아니면, 부스럼, 연주창, 오래된 부
스럼, 혹인가요? 아니면, 쑥, 쑥물, 풀이 자란 모양, 성인가요? 아니면,
새기다, 아로새기다, 강철, 쇠붙이 장식인가요? 아니면, 가난하다, 작다,
조그마하다, 무덤, 언덕인가요? 라구요.

　내가 만약 목소리나 글자로 직접 물을 경우 조금이라도 지루해할까
봐 걱정스러웠지만 그래도 묻는 김에 마저 묻는 게 낫다 싶어 더 적어
두었어요. 그래서 루는 조금 뚫다, 조금 쪼개다, 베어 쪼개다인가요? 아
니면, 구부리다, 곱사등이, 재빨리 움직이다, 인가요? 아니면, 시끄럽다,
수다스러워 귀찮다, 새소리, 도둑인가요? 아니면, 언덕, 흙인가요? 아
니면, 봉우리, 산꼭대기인가요? 아니면, 집대마루, 집창인가요? 아니
면, 정성스럽다, 정성스러운 모양, 공근한 모양, 공손하고 삼가는 모양

인가요? 혹시 공근한 모양이란 무엇을 말하는 건가요? 라고 썼습니다.

그리고 그냥 지루하고 심심할 때 이야기하려고 더 적어나갔어요. 루는 끌어 모으다, 꾀어 끌어들이다, 유인하다, 안다, 두 팔로 끌어안다인지, 아니면, 덩굴풀, 등나무인지 아니면, 모직물, 열등자, 열등의식에 사로잡힌 사람인지 아니면, 비가 지적지적하다, 가랑비가 그치지 아니하다, 도랑, 강 이름인지 아니면, 불꽃인지 아니면, 수소, 황소, 암내나는 소인지 그런데 여기서 수소와 암소는 생물학적으로 다른 성을 가진 소일텐데, 옛날 어느 한 때는 수소와 암소를 아우르는 생물학적 소가 있었는지, 그냥 통칭적 개념으로서의 소를 말하는 건지, 라구요.

루는 주시하다, 애꾸눈, 자세히 보다 인지 아니면, 대 채롱, 대 상자, 성기게 결은 상자, 수레 덮개, 수레바퀴의 테인지 아니면, 씨뿌리는 기구, 밭을 갈다, 논밭을 갈다인지 아니면, 섣달과 삼월에 지내는 음식신의 제사인지 아니면, 배, 누선, 다락을 이룬 층이 있게 만든 배, 배 이름인지 아니면, 땅강아지, 하늘밥도둑, 청개구리, 악취, 또 악취를 풍기다인지 아니면, 곡진하다인지 아니면, 오소리새끼인지 아니면, 주나라 악관 이름인지 아니면, 큰 노새인지 아니면, 해골, 두개골인지 아니면, 들거위인지 아니면, 날다람쥐인지라구요.

다 적고 나니 배가 고파서 시리얼을 채운 우유를 한 모금 떠먹었습니다. 그리고 궁금한 것을 마저 적어갔어요.

물루는 형용사의 의미가 강한가요? 아니면, 동사나 명사의 의미가 강한가요? 라구요. 형용사와 명사의 뚜렷한 차이점은 있는지, 각 품사가 결합할 때와 단독으로 존재할 때는 느낌이나 뉘앙스가 달라지는 건지, 만약 다르다면 어떻게 다른 건지, 그런데 그중 선호하는 게 따로 있는지, 만약 선호한다면 그 배경 같은 것이 있는지, 있다면 혹시 그것을 언제 들려줄 수 있는지, 그리고, 그것은 사회와 어떻게 작용하는지, 반향은 어떻게 돌아오게 될 건지, 라구요. 혹시라도 내 말투가 공손하지 못했다면 사과한다는 말도 덧붙여 놓았습니다.

그리고 이건 그냥 궁금했던 건데 과거 대통령이란 직업을 가졌던 사람 중에 '큰 어리석음'을 뜻하는 이름이 있었는데 그는 이름대로 크게 어리석은 일을 저질렀던 건지, 당시 유행어 '노가리를 찢어먹자'는 그의 성이 노씨였기 때문이었는지, 당시 노동운동가였다는 박노해라는 사람의 이름 풀이는 '노동의 해방'이라는 뜻이었다는데 그 뜻밖에는 없었겠는지, 뜻이란 지향성인지, 그래서 지향대로 노동이 해방되어 가는지, 라고 참고로 더 적어두었습니다.

그러고 보니 중요한 게 또 빠져 있어 중요표시를 하고 적었습니다. 그 많은 것들은 모든 전체를 다 아우르는 말인지, 전체란 있기나 한 것인지, 그것은 혹시 시작도 끝도 없는 것은 아닌지 라구요. 전체란 테두리가 있을 때에만 전체라고 부르지는 않는 것인지. 이건 순수히 사적인 관심이지만 물루가 혹시 블루blue는 아니냐는 말도 잊을까 하여 꼭꼭 적었습니다.

네? 마르그리뜨 뒤라스를 읽거나 보았냐구요? 아, 네. 그녀의 『연인』을 읽거나 본 적이 있어요. 여전히 좋아하구요. 네? 네. 오래된 제 시 '서정시' 요? 대답하기에는 너무 오랜 시간이 걸릴 것 같아요. 그냥 서정시를 보여드리면 안 될까요? 그럼 오래된 서정시를 보여드릴게요?

서정시

생각을 말기로 하자
스위치를 내리고 눈꺼풀 속의
크레모어같은 화살표들을 거둬들인다

내 알몸은 때가 낌으로써 사회화되었다
피부 어디서부터가 나일까
나는 순정일까
붉은 핏톨 하나가 뛰쳐 오른다
순간 불면의 리모콘이 여명을 누른다

나는 서정시를 쓰지 않았다
소리없이 운다
어둠과 빛 사이는 없었다
모두 흘러간 에끄리뛰르일뿐.

그러나

마음 곳곳
니 발자국
처처에 흔적

마음 곳곳
발자국
처처에

지혜 엄마의 고백

지혜 엄마의 고백

1990년 머리를 수술했다. 대장장이 헤파이스토스Hephaestos는 닥터리우스로 불리기를 좋아했는데 그는 아픈 내 머리에서 완전무장한 아테나를 꺼냈다. 아테나의 이름은 지혜다.

나의 사랑스러운 딸 지혜는 우선 밭을 갈 수 있는 쟁기, 고무래를 만들고, 쟁기를 질 소에 씌울 소멍에, 잘 익은 곡식을 실어 나를 말들을 위한 말굴레와 마차를 만들었다. 바다 건너 곡식을 나눠주기 위한 배도 만들었다. 지혜는 기쁨에 취해 플룻과 트럼펫을 만들어 불었다.

아테나Athena 지혜는 틈틈이 요리도 했다. 그녀의 요리 특징은 음식마

다 올리브유를 넣는다는 것이
다. 그런데 지혜가 가장 어려
워하는 것은 뜨개질과 물레질
이다. 뜨개질과 물레질을 잘
하기 위해 먼저 할 일은 씨실
과 날실의 정리이다. 잘 정리
해 두지 않으면 그것들은 제
구실을 못한다. 무늬를 새겨
넣을 수도 없거니와 천 조각
하나도 만들어내지 못한다.
엉긴 실타래는 도무지 풀 수
없는 수수께끼가 되어버린다.

하여 지혜는 씨실과 날실을
정리해 두기 위해 숫자를 만
들기 시작했는데 그것은 차후
수학이라는 학문이 되어갔다.
수학문제를 풀 때에는 씨실과

사랑스러운 딸 아테나 지혜

날실을 잘 골라놓듯 해야지 그렇지 않으면 간단한 문제라도 얽힌 실타
래처럼 되고 마는 것은 뜨개질을 즐겨하던 나의 딸 지혜가 숫자를 만
들었기 때문이다.

아테나는 숫자와 수학을 일구느라 밤을 낮 삼아 일해서 별명이 올빼

미다. 그러나 오늘도 그녀는 숫자의 신비, 세상이라는 융단을 아름답게 짜느라 올빼미 눈을 달고 있다. 오직 그 점이 애석하다.

지혜 엄마의 일기장

지혜를 낳고도 머리 아픈 병은 사라지지 않았다. 원래 나는 비상약 같은 걸 준비해 놓고 사는 사람은 아니었다. 그래서 머리가 아프기 시작한 지는 오래되었지만 견딜 수 있을 때까지 견디곤 했었다. 그런데 어느 날인가는 못 견디게 아팠다. 머리를 들 수 없는 것은 물론이고 이빨이 모두 뽑히는 것 같아 두 손으로 얼굴을 받치고 있었다.

시간이 얼마쯤 지났을까. 아픔이 서서히 가시는 것 같더니 누군가 내 몸을 일으켜 세우고 있었다. 이상한 소리가 들린 건 그 때였다. 꺽—, 꺽—숨넘어가는 소리가 내 목에서 들리고 있었다. '죽음이란 별 거 아니구나. 이렇게 가볍구나.'

그런데 갑자기 많은 사람들이 나타나더니 분주히 내 몸을 날랐다. 이른바 신경정신 치료라는 건 응급처치로만 끝났는데 대장장이 닥터는 또 하나의 딸 지혜가 나오려나 보다고 말했다. 모호했다. 지혜는 제 역할 다 하고 있는데 또 하나의 딸이라니. 그러나 기다렸다.

가벼운 죽음 대신 다시 또 무거운 삶이 시작된 이후엔 비상약을 준비해 다녔다. 타이레놀이라는 이름의 극약조차 듣지 않을 때는 할 수 없

페르세포네와 데메테르

이 신경정신과를 갔었는데 씨실 날실이 얽힌 전깃줄 같은 기계들을 머리며 가슴에 꽂아놓는다는 소리에 병원을 나와버리고 말았다. 지혜가 아무리 지혜롭다 해도 그녀의 발명은 지금도 계속되고 있으니 그녀보다 못한 전깃줄 따위를 믿을 수 없는 까닭이었다.

나는 지금도 가끔 신경정신과에 가고 싶을 때가 있다. 골치 아픈 딸이라도 태어나려는지 머리가 온통 불바다 같을 때가 있다. 내 머리를 진단해 줄 진짜배기 대장장이 높은 신전에 올라오지 못하니 답답하다. 내 딸 지혜는 더 이상 지혜를 짜내지 못하고 재생, 반복, 카피, 패러디만

하고 있으니 답답할 때가 참 많다. 다시 또 죽음 가까이 접할 만큼의 아픔을 겪어야 또 다른 지혜가 태어날지 안타깝다. 그럴 땐 또 하나의 숨은 신 지혜와 나와의 관계를 생각해 본다. 그러면 나는 황폐한 고원 같다.

나의 너

나 이제 너에 들라나.
태양을 삼킨 어둠 깊고 어둡게 뜨거워
뜨거운 눈물이 흐르고 눈물 마른 눈에 눈 없네.
술처럼 뜨거웠던 너의 눈
술병처럼 고요해
질식할 듯 빈곳에 너 없어 나 없어.

담배 연기처럼 날아간 너
붕새처럼 다가온 너의 날개
안개처럼 무질서하게 점령당한 나

나 너의 눈물로 뜨겁게 젖어
나 너로 인해 날개 없는 팔 굽혀
앙상하게 가르릉거리네

아픈 목 들리지 않는 목소리

날개 닿지 않고
알 하나 품지 못한 너 그리고 나

꿈꿀 수 없는 잠아 죽음아
너 어제에 있는지 너 미래에 있는지
점령당한 나 금속으로 우네
가장 낮은 소리로 튜바처럼
피콜로처럼 날카롭게 울음 우네

옆구리 뼈 하나 쏙 빼서 플룻을 만들래?
갈대 같은 팔뼈로 소리에 날개를 달아볼까?
대나무 같은 다리 뼈 뚝 분질러 총을 만들까?
대단히 위협적이게 극적이게 차라리 총소리를 낼까?

깊게 어두워 오지 않는 너
나 너를 만나기 위해
너 없는 나
너 없이 점령당한 황폐한 고원

　머리가 아프면서도 나는 그간 내게 겁탈 당한 데메테르Demeter에게 사죄하는 뜻으로 그녀를 농업의 여신으로 승격시켰으며 지하세계에 사는 그녀의 딸 페르세포네Persephone를 반년동안 지상에서 살게 명하여 지상의 열매가 되어도 좋다고 허락했다.

페르세포네와 하데스

내가 아무리 유능하다 하여도 혼자 힘으로 머리 속의 지혜를 꺼낼 수
없을 지도 모른다. 그런데 또 다른 지혜를 꺼내 줄 대장장이는 이미 한
발을 잃어 나의 고원에는 오르지 못하고 있다. 어느 날 머리 속에서 또

다른 지혜 또 다른 아테나가 태어나는 날을 대비하여 몇 자 적어둔다.

　나를 찾지 마라. 메모도, 메일도, 전화도, 편지도, 방문은 더욱 더. 나를 잊고 새롭게 얻은 지혜로 평화의 세상 살도록 하라. 🌿

절름발이 추남에게 보내는 편지

　다음은 절름발이 추남 헤파이스토스Hephaestos에게 보내는 편지 중 일부이다. 절름발이 추남은 아테나Athena 지혜를 낳을 때 산파 역할을 한 닥터이다. 닥터라는 딱딱하고 엄숙한 이름보다는 닥터리우스라는 부드러운 이름으로 불리기 좋아하는 그는 제우스의 첫째 부인에게서 태어난 아들이나 너무 못생긴 탓에 버림받았다. 그러나 그는 문명의 불을 일으켜 세계문명을 일궜다. 다리를 저는 까닭인지 제우스의 신전에는 두 번 다시 오르지 못했는데 화타華陀 같은 뛰어난 의사가 그의 다리를 돌봐준다면 황폐한 신전에 다시 나타나 지혜의 여동생 하나쯤 쑥 꺼내줄지도 모른다. 다리가 아니라 의지 때문이라면 그를 찾아가 만나고 싶다. 그는 미녀를 좋아하기 때문이다.

벨라스케즈, 〈헤파이스토스의 대장간〉

낚시하러 올라오겠다던 친구는 서울을 반쯤 오다 내려가더니 며칠
후 전화만 뎅그래 왔다.

"휴가 가자구. 섬 있잖아 왜. 망망대해에 떠있는 점"

섬이고 점이고 부정기간 휴가 받은 사람끼리 휴가는 무슨 휴가냐고 면박을 줄 뻔했다. 친구의 휴가란 충분한 휴식과 교류인 줄 알았으면서도 그랬다.

섬이라는 말에 영화 지중해가 생각났다. 영화 지중해는 무대가 섬이다. 조직을 일탈한 인간을 섬이라는 배경에 놓은 점은 사회적 독법으로서의 접근보다는 원형적 의미로의 접근을 더 용이하게 한다. 인간을 대륙과 떨어진 섬에 비추어 본 것은 인간의 절대고독의 의미탐사로 부족하지 않다.

섬이 대륙에 귀속되어 있지 않음을 상기할 때, 조직사회에서 일탈한 창녀와, 군대라는 조직과 고향이라는 카테고리를 벗어난 군인은, 또 하나의 섬에 다름 아니다. 죄와 벌에서의 소냐나 라스콜리니코프처럼 세상을 구제하겠다는 마음조차 없었던 그들이 마을 사람들의 희망과 상처 입은 영혼들의 꿈이 되어 가는 건 아이러니지만 조직사회의 일원 보다는 인간 개인으로서의 본성에 더 충실하려 했던 그들의 삶은 인간의 원형에 보다 더 가깝게 느껴진다. 그러나 창녀와 퇴역 군인의 동거로 인하여 호모 폴리티쿠스의 의미도 배격하지는 않는 영화였다.

"생각해 봐. 섬이라고."

친구는 그렇게 말을 남기고 전화를 끊었다. 생각해보란 말만 하지 않았어도 며칠 묵기 좋은 한적한 섬을 생각했을 것이다. 그러나 생각해 보라는 말은 머리에 또 다른 섬을 생성시키고 말았다.

　대열보다 앞서 핸드마이크를 들고 외치는 친구가 있었을 때, 누군가 맞을까 염려한 짱돌은 움켜쥔 손에서 비질비질 땀만 흘렸었다.

　　미안하다 너에게 가고 싶었다

　　나해석을 읽는 전혜린
　　전혜린을 읽는 너
　　감기약 봉지를 바라본다.
　　"약간의 두통과 몽롱함 늘 감기에 걸려있었음 했지."

　　첼로가 물결 지는 머리카락
　　진 남색 버튼다운 셔츠에 잠긴 그의 목에
　　몇 번의 울렁임이 일었을까.

　　헤겔을 읽는 맑스
　　마악스를 행동하는 너
　　이윽고 너희들은 예언자의 숲으로 가고싶다.
　　어둡고 추운 마른 덤불에 목소리 들린다.

　　미안하다. 너에게 가고 싶었다.
　　따뜻한 불빛 네게 가고 싶었다.

미안하다. 용서해다오.

네가 좋아하는 에디뜨 삐아프
네가 좋아하는 에바 페론
네가 좋아하는 까뜨린느 드뇌브

그러나 그녀는 바람둥이였으며
그러나 그녀는 창녀였으며
그러나 그녀는 바람둥이였으며

포맷되고 싶은 별들이 쏟아진다.
불길한 예감은 날 때부터였다.
날 때부터 감각이 아픈 너
고아여서 투사인 너

커피를 좋아하는 너는
교도소에서도 커피를 마실 수 있는지
네 애인이 좋아한다고 따라서 좋아해버린
술탄스 어브 스윙을 듣고 있는지.

인도하소서, 당신의 숲으로
이 장막 거둬 주시고
숲에 선 네 기도는 계속되고

친구의 섬은 나였을까. 어디였을까. 무엇이었을까. 섬이 망망대해 점으로 보이기 시작할 무렵, 섬은 결코 섬을 그리워하지 않는다는 말을 지우고 다시 편지를 쓰기 시작했다.

　　너랑 나랑 보듬어

창을 닫고 커텐을 내리고 숨을 죽이자구.
너랑 나랑 보듬고 숨죽이며 보듬고
네가 내가 될 때까지 내가 네가 될 때까지
그렇게 있어보자구. 그렇게 살아보자구.
전화가 와도 전화는 받지 말고
미처 끄지 못했으면 수신전원도 내려놓고
누가 부를 리는 없겠지만 불러도 대답하지는 말고
불은 꺼도 좋고 안 꺼도 좋겠지만 TV는 켜지 말자구.
기왕이면 깊은 방이 좋겠어.
사람의 발길이 덜 닿는 변방이 낫겠어.
그러려면 복작거리는 시내는 벗어나야겠지.
무거운 가방이 없을 테니 친절한 웨이터 따위도 없었으면 좋겠어
너와 나의 존재가 숫자로 남는 플라스틱 머니 같은 건 말고
기왕이면 현금을 자동판매기가 받아주었음 좋겠어.
올 스텝 무인시스템이 낫겠지.
잘 살펴보자구. 우리를 찍어나르는 무인카메라는 없는지
그런 집은 피하자구. 부끄러워서가 아니라

너와 나의 사랑을 공개할 필요는 없잖아.

알아줄 리도 없는 세상에 알려줄 필요는 더 없잖아.

우선 샤워를 하자구. 세상에 묻은 때를 씻어내 버리자구.

로션 같은 건 바르지 말고 옷 같은 건 더더구나 걸치지도 말고

배가 고프지는 않겠지만 조금 배가 고프더라도 참고

창은 닫혀 있는지 커텐은 내려져 있는지 재확인하고

불은 꺼도 좋고 안 꺼도 좋지만

너랑 나랑 보듬어 숨죽이며 보듬어

세상을 잊을 때까지 너를 잊을 때까지

너는 내가 되고 나는 네가 되어

세상을 잃고 너를 잃고 나조차 잃을 때까지

그렇게 숨이 멈춰질 때까지

드디어 까마득한 하늘로 날아오를 때까지

너는 나의 사랑을 나는 너의 사랑을

그렇게 안쓰런 우리의 사랑을

활모양 입술의 향

그녀들은 그이들을 늦게 알았다. 하지만 말들이 조합해 내는 향수쯤 공유하지 못하지는 않았다. 어느 날 그녀가 말했다.

"내게선 우유냄새가 난대. 그이가 그랬어."

그 말을 들은 수줍음이 많은 다른 그녀 아르테미스Artemis는 한밤의 일기장을 꺼내 소중한 글자를 적어나갔다.

"아기냄새가 난다고 말하는 그. 나와 아기냄새, 그리고 남자……."

그녀와 그녀는 쌍둥이였는지도 모르겠다.

오랜 시간이 지난 후 그중 한 그녀가 서울 강남고속터미널에 서 있다. 사람들이 흘깃거리는데 독특한 건 그녀의 입술모양이다. 활모양 입술 끝이 눈초리와 사선이다. 검은 색 안경에 가린 눈빛이 보일 리 없지만 뜨거운 햇살에 비하자면 그녀의 눈은 서늘하다. 그녀의 가슴께에선 우

유냄새가 나는 것도 같은데 그 때문인지 사람들이 몰려든다. 그러나 햇빛 아래 그녀는 미이라처럼 서 있다.

　유난히 더 흘깃거리는 사람은 지방하고도 더 변방으로 가는 버스를 기다리는 처녀다. 안 보는 듯 보는 모양새의 요정처녀는 아예 입술을 올려 웃음을 만들어 보인다. 그녀가 눈길을 주자 처녀는 빌딩 그늘로 몸을 숨긴다. 그녀의 향기에 요정처녀는 눈이 멀어가나 보다. 눈먼 처녀는 한 둘이 아니지만 아르테미스의 향기에 처녀들의 눈만 멀어 가는 건 아니다.

"어디 가십니까?"

순백의 원피스를 입은 그녀에게 제복의 남자가 다가온다. 그럴 때 아르테미스는 귀머거리이다. 멋쩍게 돌아서는 제복에 뒤이어 같은 제복을 입은 사내가 또 나타나 어디 가시냐고 묻는다. 하지만 그녀는 여전히 입술의 활이 풀리지 않고 있다. 감춰진 눈은 뜨겁다는 듯 더 굳게 닫혀 가는데 이윽고 세 번째 제복이 어슬렁거리며 다가온다. 제복의 남자들은 터미널 측의 직원들로 글자를 읽지 못할 어린이도 그런 아이와 다름없는 노인도 아닌 그녀에게 다가와 수작을 건다. 햇빛이 빚어내는 색깔의 잔치 속에서 그녀는 알몸 목욕이라도 하는 듯하다. 눈을 내리 깐 입술의 활은 더 굳게 조여진다.

검은 안경으로 눈빛을 감춰둔 게 다행이라면 다행이랄까. 불붙은 그녀의 눈엔 자신의 숨겨둔 맹견이 떠오른다. 발가벗고 목욕하는 처녀를 염탐하는 자에게는 맹견의 아가리가 안성맞춤이다. 염탐꾼들은 그녀에게서 아기냄새나 우유냄새를 맡는 게 아니다. 희디흰 젖살과 젖살 같은 엉덩이를 탐하는 자들에게 그것들은 순결도 정결도 출산도 다산의 의미마저도 무화된 탐욕의 살덩이일 뿐. 미이라처럼 선 그녀는 가슴이 서너 개 달린 것처럼 치욕스럽다.

아르테미스의 개가 악타이온을 물어 죽이는 장면. 티지아노 베첼리오, 〈악타이온의 죽음〉

사과를 반 쪼개 엎어놓은 것 같은 두 쪽의 엉덩이조차 뾰족 산처럼 느끼는 그녀는 가슴과 엉덩이를 숨길 수 있는 기둥 뒤로 더 물러섰지만 사내들은 흘끔거림을 멈추지 않는다. 이윽고 그녀는 결심한다. 화살 같은 눈빛을 제복의 사내들에게 쏘아 날린다. 아가리를 연 그녀의 맹견들은 화살을 물고 가 사내들의 가슴에 정확히 50개를 박아놓는다. 화살이 박힌 자리는 맹견의 이빨모양이 나 있다.

제복의 사내들이 사라진 얼마 후 우스꽝스런 외침이 들려온다.

"전주 가실 분 없습니까?, 부안이나 무안 가실 분, 자아, 순창이나 고창 가실 부운—."

사내들의 어디 가십니까, 는 기어이 맹견의 아가리에 찢겨버린 모양이다.

그녀를 태우고 갈 버스는 더디 왔다. 그러자 변방에서 온 듯한 한 사내가 다가왔다. 제복을 입지 않은 사내가 물었다.

"혹시 몇 시입니까?"

아르테미스의 활이 풀린 건 그 순간. 미끈한 팔에 걸려있던 시계를 들여다보느라 미이라 같던 고개가 왼쪽으로 돌아갔고 그와 동시에 시계가 걸린 팔도 그녀 눈 아래로 친절히 올라왔다.

최소 한 개의 중심점도 없는 시계를 빨리 읽을 순 없지만 입술의 활은
풀린다.

"잠시만요?!"

그녀의 의도는 충분히 농후하다. 시간을 알려주겠다는 뜻이다. 시를
알리는 작은 바늘 하나와 분을 알리는 큰 바늘 하나가 있을 뿐인 맨 바
탕인 시계를 그녀는 천천히 읽는다. 그리니치 천문대의 시간과 그녀가
선 지역의 시간이 정확히 일치하는 시간을 몇 번은 알려준 적도 있었
다. 활을 연 친절한 입술은 타인에게 건너가 소중한 약속이 되기도 했
었다.

시간을 물었던 사내가 사라지자 그녀는 다시 죽은 나무처럼 서 있다.
쓸쓸하게도 그녀는 스스로의 향기를 확인하고 싶을 때 시계를 들여다
본다. 그녀 이 세상에 태어나던 날도 한 어머니 그랬는지 모르겠다. 세
상의 그녀들은 세상의 아픔을 안고 태어난다. 빛들이 잔치를 이루고
있다 해도 입술은 쉬 열리지 않는다. 그녀들에게서 나는 아기냄새와
우유냄새는 그 까닭인지도 모른다.

뽀얀 복숭아 같은 젖가슴을 가진 여자에게서는 젖냄새가 난다. 동그
란 사과를 반 쪼개 엎어놓은 것 같은 엉덩이를 가진 여자에게서는 아

기냄새가 난다. 이들을 사랑하여라.

　사족 : 그날 밤 그녀는 밤길을 걷다 무심코 밤하늘을 올려다본다. 한
낮에 보았던 요정처녀들이 도착했는지 하늘엔 일곱 개의 별들이 빛나
고 있었다. 그녀는 별들에게 이름을 지어주었다. 북두칠성.

네하eye에게서 온 편지

그동안 안녕

뒤는 돌아보지 않았고 미리 세워둘 계획 같은 것도 없었지. 시간은 늘 터질 듯 황홀했어. 주머니를 다 털어도 가난하지 않았어.

변화란 더 이상 견디지 못할 때 온다고 하지 않았니? 그런데 견딜만 해도 오는 거니? 이틀을 더 주지 않으려나 봐. 답답해.

N. 흙 묻은 신발로 집을 나왔어. 노랑 원피스는 10년 간 외출하지 않았지. 흙 묻은 신발과 함께 한 단 하루가 고작이었을 뿐. 10년 동안 단 한 마디는 "나 갈게." 집 나온 그 날처럼.

아침이 배달될 때까지 멍하게 앉아 있었어. 두 눈 퍼런 배웅었지만 두 눈 퍼렇게 대문을 나섰어. 참 많이 멍했어. 참 많이 답답했지. 그다지 많지 않게 하늘을 보았고 그보다는 작게 산도 보았어. 그 사이 한 일이라고는 길어진 머리를 묶는 일 밖엔. 참 답답했어. 그 사이 한 일은 아무 것도 없었어. 붙박이 의자 같았어. 그 외 다른 일은 없었어. 아무 것도 없었고, 아무도 없었고, 없었고, 참 많이는 답답했어. 변화란 견디지 못할 때 건너오나 봐. N.

우연이었지. 여자와 남자와 여남자. 그들이 왔어. female-male-commale은 완벽하게 잠식해버렸어. 정말 우연이었지. 참 자유로웠어. 고맙다는 말도 못했는데 괜찮을 거야. 괜찮겠지. 세상이 떠나는 중이므로. 무한창공 같은 건 없는 게 나을 뻔했어. 날개가 다 닳아 없어질 때까지는 불편할 거야. 새는 결코 자유롭지 않아. 이틀에 닿기 위해서는 너무 피곤해. 고니처럼 날아 고라니처럼 걷고 싶어.

환하디 환하던 정오의 벚꽃
바람에 흩어지는 하얀 꽃잎이진 않았어.
조심조심 걸어갔어
조,심,조,심, 걸,어,갔,어. 고라니처럼
조,
심,
조,
심,

너는 별 생각을 다 하는구나.

겁에 질린 아버지가 말했지. 대신 아버진 네가 지금 정신이 있는 거냐 없는 거냐 라고는 하지 않았어. 별 생각을 하는 내가 아버지는 무섭다고 그랬거든. 그래서인지 내 이빨은 세 개만 뾰족해. 세 개만 정상인 그들은 male-female-commale이야. 난 세 번쯤그들이 무서워. male.

가끔 집을 나가야겠어. 별 생각을 다 했던 자리를 건네줘야겠어. 찬란한 슬픔을 남김없이 기억하라고.

이틀처럼 쓰러져 있진 마. 쓰린 상처 안고 느끼지는 마. 내 안에 그렇게. N.

사랑하던 이틀이여 집이여
그동안 안녕.

네하eye에게서 온 편지

호흡은 더디고 맥박은 가늘게 뛴다.
백진스키의 그림처럼 무섭고 눈물난다.
눈은 퀭하고 눈물은 나오지 않는다.
섬은 그늘이 죽음처럼 덮고 있다.
무섭고 뜨겁게 조용한 바다.

혼란은 끝나가는 듯하다.
섬은 적당히 소란스럽고
금빛 비늘이 찰랑거리는 바다에
인어공주가 살 리는 없지만
사람들은 부지런히 고기를 낚아 올리고
관광객은 푸르게 바다처럼 웃는다.

"음악이 끊겼어. 바다가 보이지 않아."
여솜이 묻는다.
"시지프?"
여솜이 누군가 부르는 모양이다.
"뭔가 이상하지 않아? 그렇지 않아? 시지프? 시지프?"

호흡은 더디고 맥박은 가늘다.
배는 오지 않았다.
바다에 흰 나비 날고

네팔에서 네하eye.

날 짜 : 0000/00/00
시 간 : 00/00/00 🌿

들 건너 친구 집

　그리 멀지 않았다. 둥근 얼굴이 둥글게 둥글게 부르면 자주 갔었다. 들 건너엔 친구 집이 있었다.

　일을 너무 많이 해 마디가 구겨진 손을 기억한다. 손가락 끝이 가늘게 고왔던 손은 차츰 펴지 못하는 손이 되어갔지만 자라다 만 오이처럼 굽어져가는 그 손을 잡고 학교도 갔고 그 손을 이끌어 그 손의 친구들도 만나게 해 주었다. 들 건너엔 주인공 손의 곱슬머리 친구와 내 친구들이 함께 살았다. 곱슬머리는 주인공 손의 열 일곱 살 차이나는 친구였다. 된장에 묻어 둔 고춧잎과 고추를 베어먹기 좋아하는 식성까지 닮은 그녀들은 엄마와 딸 사이였다.

　키 낮은 맨드라미 같은 또 하나의 여자가 있었다면 그녀는 들 건넛집 주인이었다. 기억의 사진첩에 그녀가 거의 남아 있지 않은 걸로 보면 집 주인이었음에도 불구하고 자신의 자리를 다른 이들에게 골고루 나눠주었던 것 같다. 어느 날 그녀는 끝내 자기 자리를 다 내주고 갔다. 그녀가 간 길은 꽃같이 환한 길이었다. 곱슬머리 친구의 친구이자 내 친구이기도 했던 굽은 손을 많이 좋아하던 그녀, 심심할 때면 친구를 기다렸을지도 모르겠다. 그래서인지 굽은 손도 꽃길을 걸어갔다.

나를 많이 좋아하던 손은 나를 좋아한다고 하여 저승까지 데려가진 않았다. 길이 너무 멀어 그랬을 것이다. 다리를 다친 내가 먼 길 걷느라 더 아픈 다리가 될까봐 그랬을 것이다. 이 담에 갈 때 휠체어를 타고 가야겠다. 물론 다리가 더 아프게 되면 말이다.

내 친구들은 모두 여덟이었다. 진숙이, 효숙이, 내 이름과 비슷한 석진이, 석진이와 이름이 비슷한 석필이, 그리고 이름이 기억나지 않는 그보다 더 어린 이웃 아이, 눈과 입술이 오목한 오목눈이 자매 둘. 가난한 오목눈이들의 눈은 아궁이에 걸린 솥단지처럼 검고 깊었다.

스무 살인 내가 석진아, 부르며 들어서면 그 때까지도 연극배우의 꿈을 버리지 못한 효숙이는 밉지 않게 눈을 흘겼는데 고모, 하고 들어와야지 석진아가 뭐야? 하며 웃는 눈이 연두색 배추벌레가 기어가는 것 같아 귀여웠었다. 나는 다른 친구 집에 갈 때도 용대야, 했었는데 파일럿이 되고 싶은 용대는 공군 중령이 되어서도 파일럿의 꿈을 버리지 못했다. 용대가 모는 점보 여객기를 타고 싶다. 천재누나라고 불러주

오목눈이 : 뱁새라는 이름으로 더 잘 알려져 있다. 바삐 움직이면서 시끄럽게 울며 떠돌아다니는 것이 특징
이다. 우리는 모두 한 떼의 오목눈이들인지도 모른다.

었던 용대에게 그렇게 보답하고 싶다.

　검정드레스를 좋아하던 효숙이는 머리를 자주 프리마돈나처럼 틀어
올리고 조명이 비추는 거리를 배우처럼 눈을 내리깔고 걸었다. 그녀의
무대는 넓기까지 했다. 넓은 무대에서 주연배우 역할을 아낌없이 잘
했다. 우리들의 꿈은 어쩌면 그리도 빗나갔던지. 안타까운 꿈이여. 친
구들이여.

　나도 가끔은 그녀처럼 걸어보았었다. 조명이 뜨거운 무대를 모자도
없이 자주 걸었었다. 나 또한 그녀처럼 주연배우였다. 나만의 무대에

내가 주인공인 모노드라마의.

영어를 배우기 위해 들 건너오던 진숙이는 마늘을 하얗게 잘 까던 사춘기 소녀였다. 유치원도 안 다니는 내가 자기보다 영어를 더 잘 해서였는지 그녀는 나중에 영어를 생활화해버렸다. 한국말을 잘해 한국인이 된 나처럼 미국말을 너무 잘하게 된 그녀는 미국인이 되어버렸다. 그녀가 미국인이 되어버려서인지 나조차 미국인과 비슷한 외국인까지 사랑하게 되었다.

동그란 눈이 너무 예뻐 팔을 가져다 깨물고 만 이름 모를 아이는 어디서 어떻게 사는지 모르겠다. 들 건너 내 방에 와서 종이인형을 탐내던 오목눈이들은 괜찮은 인형 하나 갖게 되었는지 궁금하다.

어긋난 꿈들아 친구들아 너 내 안에 살아 변치 않는 우정을 과시하고 있구나. 좋구나. 그래도 좋구나. 어긋난 꿈들이여.

코피를 너무 많이 흘리던 그때, 나는 무슨 꿈을 꾸었을까. 들녘의 삐비꽃이란 삐비꽃은 모두 내 몸에 피어 있을 텐데 삐비꽃을 뽑아 약을 다리던 굽은 손은 펴질 줄 모른다. 나는 지금도 아주 가끔 코피를 흘리지만 삐비꽃은 먹지 않는데 가끔은 만나지 못하는 손들이 허전할 때가 있다. 가끔 아주 가끔은 누구도 이끌지 않는 빈손이 허전하다. 빈 들처럼 허전할 때가 있다.

네 바다에 닿게 하렴

옷을 갈아입었다. 어느 해 봄과 여름엔 외출복을 거의 입지 않았다.
두 번씩 딱 네 번 입었다. 꽃그늘에 앉아 있던 남자를 만나러 간 길에 입
었던 옷은 사진을 찍어 영구 보존해 두었다. 여름날 외출 두 번은 모두
같은 옷을 입고 나갔으나 내 옷이 365벌인 줄 아는 사람들은 그 옷이 몇
년 묵은 옷인 줄은 모른다. 그것도 각기 따로인 쓰리피스의 조각 옷을
맞춰 입은 줄은 더 모를 것이다. 흰 바탕에 장미꽃 볼록 무늬가 섬세한
바지는 가까이 들여다보지 않으면 꽃무늬를 모른다. 허리에 다트 선이
앞뒤로 두 개씩 있고 내려갈수록 나팔꽃처럼 퍼지는 그 바지를 만들던
회사는 개명했을 거다.

조끼도 아닌 것이 볼레로도 아닌 것이 윗몸 선을 잘 드러나게 만든다.
가슴을 볼록하게 모아주는 그 옷을 좋아한다. 아주 더운 날엔 그거 하

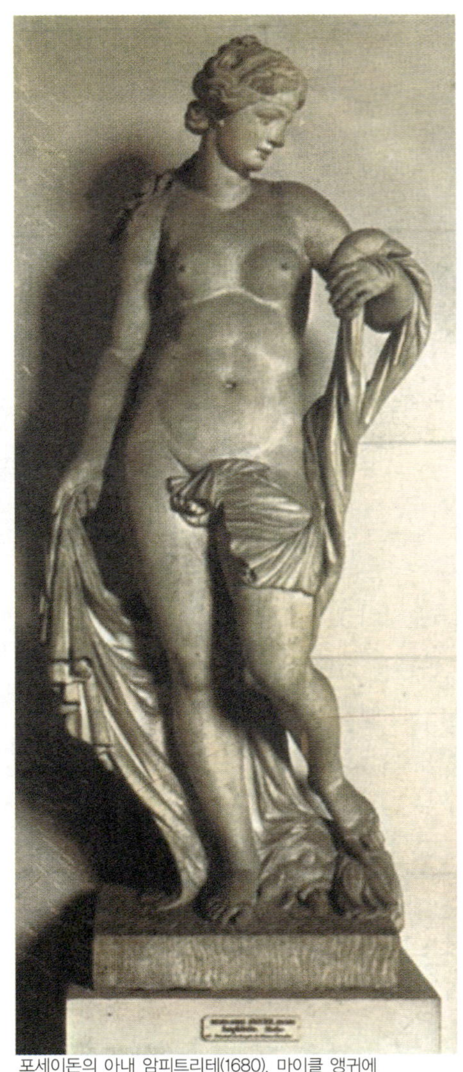

포세이돈의 아내 암피트리테(1680). 마이클 앵귀에

나만 걸칠 때도 있다. 그러면 사람들의 시선이 한 몸에 모아짐을 느끼지만 옷을 걸치지 않은 21세기의 몸은 허약하기 이를 데 없다. 나는 옷을 걸쳐야 제대로 서거나 제대로 걷는다. 몸이 서고 몸이 걷는 게 아니라 옷이 서고 옷이 걷는다고나 할까. 나뭇잎 한 장이었다면 그렇진 않았을 것이다. 올리브 나무 같은 갈색의 피부와 튼튼한 근육질 다리를 갖고 있었을 것이다. 엉덩이는 좀 더 실하게 벌어지고 가슴은 좀 더 튼실했을 것이다. 이래저래 감추다 보니 허약한 살덩이와 툭 하면 부서지는 뼈가 되고 말았다. 예 때문에 윗옷 하나를 더 입는다. 아무리 더워도 긴 팔의 옷이다. 다행인 것은 더위를 그리 많이 타지 않는다는 점이다.

알몸일 때가 가장 행복할 것 같지만 그렇지는 않다. 시원으로부터 너무 멀리 걸어온 탓이다. 동물적 감각을 너무 많이 잃은 나는 옷을 입고 시계를 들여다본다. 그럴싸해 보이는 표현을 익혀 두고 자동차를 탄다. 세상은 좁아졌지만 내가 이를 세상은 너무 멀리 있다. 그곳에 도달할 수 있을지 걱정스럽다. 영영 닿지 못하는 건 아닌가 조바심 나기도 하다. 나는 너무 멀리 떨어져 있다. 한 삽 떼 던진 섬처럼 너무 먼 곳에 있다. 볼록 무늬 꽃처럼 슬퍼지는 나는 기억조차 잊으려 한다. 그러나 나 너와 있고 싶음, 언제쯤 함께 할 수 있을지, 숨은 꽃 아닌 화사한 꽃으로 피어날지, 네 얼굴에 피는 꽃이 될지.

돌고래여, 나의 수호신이여, 너에게 가는 다리를 놓아주렴. 너와 나를 잇는 별을 보내주렴. 청동의 발굽과 황금의 갈기가 있는 명마들이 끄는 전차를 타고 바다 위를 달려오렴. 그리하여 너의 바다에 닿게 하렴. 네 바다의 황금 궁전에 이르게 하렴.

　바람부는 날

바람부는 날
모퉁이에 서서
바람을 맞는다

무엇을 잊었던가

잃은 것도 없이

큰길로 돌아서면
사위는 햇빛이라도 만날까

하찮은 가시내
흔들리는 옷자락

돌아서지 못하고
우두커니 서서
사람이 그립다

　　임에 대한 증언

가자 점점이 눈뜨는 불빛 너머
생각하는 나를 낳고
꽃들고 눈감고
세상의 육체로 들어가 버린 사람아

멀고 먼 나라 얘기들이 지구로 투신하며
그대의 꿈 한 송이 훨훨

두 개의 태양빛이 대각선을 긋는 지점안을 날다
길가에 버려지는 사금파리로
돌돌돌 징검다리를 놓아 건너가자

가슴으로 우는 그대 눈물은 말씀
언어로 초상을 그리며 그릴 수 없는
시간의 추이(推移), 묻히고 때로 묻어두며
눈발서는 신화를 기르는
폭풍의 가슴 쓸어내리는

땅이 기울어 어둠 깊어도
공전의 축을 물고 이빨을 가는 자여
동트는 새벽을 가르고 홀로 걷는 자여

지구보다 작지 않은 그대 어깨 위

아카시아꽃처럼 별들이 떨어진다
말없음표로

죽어도 다시 사는 임
속잎으로 웃는 임 🍃

Ashes of Time Favorite Love

　말이 없던 그는 도장을 내밀었다. 성은 빠지고 이름만 뚜렷한 나무도장을 건네는 손엔 땀이 흠뻑 배어 있었다. 잘 씻은 손에서 기름때 낀 손톱이 까맣게 반짝였다. 틈틈이 익혀두었다는 도장 파는 기술은 그만의 서체로 내 이름을 빛내주고 있었는데 이름 끝에 굳이 아가씨를 붙여 불렀던 그의 도장은 잃어버렸다. 삶은 방향 모르고 튀는 럭비공일 때가 있다. 그가 만약 남의 이름들을 새겨주고 있다면 나무를 쥔 손이 조각칼에 자주 찔리지는 말았으면 좋겠다.

　소리를 지르는 듯 하기에 목소리를 조금 낮추어도 잘 들릴 것 같다고 말한 적 있었다. 톤이 터무니없이 높기도 했었다. 그 사람은 자기 전화가 이상한 것 같다며 다시 걸겠다고 하더니 며칠 뒤에야 전화를 걸어왔다. 마일즈 데이비스와 누벨바그와 잔느 모로와 빌 에반스와 짐 모리슨을 좋아하고 rock'n roll suicide를 잘 부르던 감각적인 목소리는 그 뒤로 다시 듣지 못했다. 혹시라도 만나게 되면 그만이 알고 있을 호텔 리무진의 완결된 스토리를 듣고 싶다.

뜰에 핀 화초를 가꾸듯한 일기장이 있었다. 급한 부름에 그만 펴놓고 갔던 모양이다. 여고생의 교실은 대부분은 시끄럽다. 무엇인가에 항상 감동해 있기 때문이다. 하여 내 일기장은 GOD의 수첩처럼 되어버렸다. 일기장을 찢어 낙엽처럼 날리느라 깨끗한 출석부의 내 이름란엔 무단조퇴 표시가 되고 말았다. 교실을 몰래 나가 느티나무 그늘에 앉아 있었는데 수업이 끝났는지 몇 아이들이 나무 그늘로 들어섰다. 나무 그늘 밖으로 사라지는 발걸음 뒤로 속삭이는 소리가 남겨졌다. 왠지 무서워. 빨리 가자.

나무 그늘에서처럼 역광장에 앉아 있었다. 지하도에서 발등을 다 덮은 검정구두들이 걸어나왔다. 습기 많고 뜨거운 여름이었는데도 화산재 같은 지붕 집에서 걸어나온 그녀들은 하나같이 발을 꽉꽉 조이는 어두운 색의 구두였다. 땅은 자주 화를 낸다고 했다. 그래서 자주 자기들을 집어삼킨다고 했다. 무거운 짐을 진 사람들처럼 어깨가 굽은 벌레들이 꾸역꾸역 몰려나와 광장 곳곳으로 흩어지는 모습을 오랫동안 지켜보았다.

바다색 샌들에 바다색 매니큐어를 바른 내 발톱이 더럽다는 듯 흘끗거리던 몇몇은 나를 특이한 직업을 가진 여자로 보았을지도 모르겠다. 어깨와 가슴을 절반쯤 드러낸 핏빛 원피스를 걸쳤을지라도 외계인 눈 같은 썬글라스를 끼고 표정이 얼음처럼 찬 여자에 대한 그들의 짐작은 그러나 틀렸다. 머리가 아파진 나는 약국을 찾다가 또래를 만나게 되었다. 그들은 먼 거리 약국까지 친절히 데려다 주긴 했으나 예약해 둔 기차를 놓쳤다며 서둘러 가고 말았다.

그에 비하면 하얀 챠드리에 튤립 같은 터번을 쓴 남자는 낙원이었다. 바다가 없을 리 없었다. 거기에 어떻게 도달했는지 기억하지 못한다. 몸 어딘가에 강한 자기장이 흐르는 것처럼 쏙 빨려들었는데 눈을 뜨고 보니 갈색 피부를 가진 모나리자가 앞에 있었다. 얼굴을 만져보고 싶었지만 들여다보기만 했다. 갈색의 투명한 물이 흐르거나 담긴 듯한 눈은 계속해서 나를 집어삼키고 있었다. 꿈에서 깨자 그는 옆에 놓인 책에서 무엇인가 꺼내 보였다. 비현실적인 빛들이 담긴 그림엽서였는데 형상 없는 그 빛이 자기 자신이라고 했었다.

대리석 계단에 오래 앉아 바라보았다. 검은 뿌리처럼 깊게 내려앉아 바라보고 있었다. 그 사이 그는 내 이름의 영어 이니셜을 틀리지 않고 정확히 맞추었다. 곧 해가 질 테니 가야겠다고 말하자 그는 동전 세 개가 필요하다고 했다. 나는 지폐 한 장을 건네면서 다음에 만날 때에도 하얀 튤립처럼 피어 있을 수 있냐고 물어보았다. 그때는 나도 니 얼굴만 보지 않고 너처럼 바다를 바라볼게 라고 덧붙였다.

여보세요? 아니에요

　감기에 걸려 있는 줄 몰랐다. 옷을 갈아입으니 재채기가 쏟아지는데 재채기를 할 때마다 몸에서 찬바람이 빠지는 듯 하다. 몸 속에 왠 바람이 그리 많은 걸까. 일주일쯤 되었나 보다. 하루종일 한 마디도 안 할 때가 많아서 목소리 상태를 모르는데 여보세요?, 아니에요, 를 말할 때도 있다. 잘못 걸린 전화를 받을 때다.

　기침을 몇 차례나 했으니 목소리가 변했을 것 같다. 마이크 테스트하듯, 아아, 소리를 내보자니 뭔가가 쑥스러운데 그보다는 소리가 나는 기관에 실핏줄 몇 개가 터져 있을 것 같기도 하다. 목소리 어딘가도 파열음처럼 파열되어 있을 것이다.

　무덤 위 풀을 뽑던 날, 풀 향기 어지럽던 날, 새로 생긴 무덤을 더 동그

랗게 더 예쁘게 만들라고 말하다가 동그랗게 예쁘고 예쁘게 동그란데
도 이리 옮기고 저리 옮겨가며 무덤을 매만지던 노인이 있었다.

"다음 차례는 나네."

그런 소리가 들리자 노인은 무덤 옆의 빈 땅을 바라보았다. 둥글고 예
쁜 무덤 하나 세워질 땅이 거기 누워 있었다.

불붙은 옷이 탔다.
한 생애가 활활 타올랐다.
불은 살아있는 듯 뜨겁게 꽃피우고 있었다.
불은 하늘에 닿기 위해 타오르는 것 같았다.
불꽃이 하늘에 닿아가고 있었다.

의사는 왕자 같기도 하고 양떼를 돌보는 목동 같기도 했다. 그런데 가
니메데Ganymede 왕자는 노래를 얼마나 심하게 불렀기에 목이 그리 됐
냐고 말했다. 그는 곧 의자를 끌어당기더니 눕도록 권했다. 끌어당겨
진 불빛이 입 속 가득 차 있었을 것이다. 그런데 의사는 얼마나 노래를
심하게 불렀기에 목이 이 지경이냐고 또 그런다. 노래방을 무척 좋아
하나 보다고도 말한다. 독수리 발톱 같은 스테인레스 기구가 혀를 누
르고 있어 다행이랄까. 목소리가 없어졌기에 다행이라 할까. 소리를
낼 수 있다면 양처럼 구슬픈 목소리일 게 아닌가. 아픔은 내 몫인데 자
주 끊겨 나올 게 뻔할 쇳소리는 또 어떻게 하고. 슬픔까지 내 몫인데, 불

렘브란트, 〈가니메데를 앗아가는 독수리〉

빛마저 아프게 눈을 찌르는데, 눕혀진 의자는 무덤 속이라.

　나는 눈을 감아 버렸다. 눈을 감을 수밖에 없었다. 이상한 생각이 든 건 그 때였다. 목동 가니메데는 나보다 더 가까이 내 아픔 들여다보고 있었던 것이다. 터져버린 실핏줄, 아픈 자리를 말이다. 그는 다 알고 있었던 지도 모른다. 아픔의 근원까지는 알 수 없다 해도, 목소리를 앗아 간 것이 무엇인지는 알고 있지 않겠는가. 소리조차 낼 수 없게 만드는 그것은 또 무엇일 것이며.

　노래는 농담이었다.
　농담일 수밖에 없었다.
　눈을 더 꼭 감았다.
　동그랗게 열린 목으로 신마(神馬)가 날아드는 것 같았다.
　꼭 감은 눈에 동그란 하늘이 열리는 것 같았다.
　노래 가득한 하늘 열려 있어 날아가고 싶었다.
　기침하는 목소리
　그 속으로.
　단 한 마디 뱉지 못하는 날들 속에서.
　아픔은 잊고
　슬픔조차 내버려두고.

신들의 출석부

가니메데 Ganymede

그리스 신화에 나오는 트로이의 미소년. 인간 가운데 가장 아름답다고 하는데, 여러 신들이 제우스의 시동(侍童)으로 삼기 위하여 하늘로 채 갔다고도 하고 제우스가 독수리로 변신하여 납치해 갔다고도 한다.

닉스 Nyx

'밤' 의 여신으로, 죽음의 신 타나토스, 잠의 신 힙노스, 운명의 여신들인 모이라, 율법의 여신 네메시스 등을 남성과 관계없이 홀로 낳은 것으로 알려졌다.

다프네 Daphne

'월계수' 라는 뜻의 이름이며, 예언능력이 있을 뿐 아니라 훌륭한 시인이기도 하다.

🍃 데메테르 Demeter

대지의 생산력, 특히 곡식을 생육하는 곡식의 여신이며 제우스와의 사
이에서 딸 페르세포네(Persephone)를 낳았다.

🍃 레아 Rhea

크로노스의 아내인 그녀는 남편 크로노스가 자식을 낳는대로 삼켜버리
자 막내인 제우스라도 구하기 위해 돌을 강보처럼 싸서 건네주어 자식
을 살린다.

🍃 마우리주스 Maurizus

티벳에서 학문의 신으로 불림.

뮤즈라고도 불린다. 서사시 칼리오페(Calliope), 서정시 에우테르페
(Euterpe), 희극 탈리아(Thalia), 비극 멜포메네(Melpomene), 오페라 테
릅시코레(Terpsichore), 찬가 폴림니아(Polymnia), 연애시 에라토(Erato),
역사 클레이오(Kleio), 천문학 우라니아(Urania)로 구성되어 있다.

힌두교 시바파(派)의 최고신으로서 서사시(敍事詩)에서 시바는 10개의
팔과 4개의 얼굴을 가졌다. 눈이 세 개이고, 용(龍)의 독(毒)을 마신 탓
으로 검푸른 목을 가진 자이기도 하다.

비밀언어를 엿듣기 좋아하여 신들의 세계에서는 교활한 인물로 꼽혀
바윗돌을 끊임없이 들어올려야 하는 벌을 받았으나 인간의 입장에서
보면 가장 현명했었다 한다. 그리스 신화에 등장하는 인간.

🍃 아도니스 Adonis

미의 여신 아프로디테의 연인으로 그가 죽은 자리에서 바람꽃이라 하
는 아네모네가 피어났다.

🍃 아르테미스 Artemis

달의 여신이자 사냥(수렵)의 여신이나, 다산과 출산과 신생아를 비호하
기도 한다. 로마 신화의 다이아나(Diana)이기도 하다.

🍃 아스트라이아 Astraea

정의의 여신. 인류가 더욱 악해져서 전쟁을 지속시키니 참을 수 없게되
어 천상으로 올라가버린 여신.

🍃 아테나 Athena

로마 신화의 미네르바(Minerva)에 해당하며 성조(聖鳥)는 지혜를 나타
내는 올빼미이다. 수학의 신으로도 불린다.

아프로디테 Aphrodite

로마 신화에서 비너스로 불리는 아프로디테는 그리스인의 풍부한 상상
력과 미적 감수성에 의해 미와 사랑의 여신이라는 인격으로 만들어졌다.

암피트리테 Amphitrite

포세이돈의 아내인데 17세기 프랑스 화가 니콜라 푸생의 작품에서는
돌고래를 타고 있는 모습으로 포세이돈과 트리톤, 바다의 요정들과 함
께 등장한다.

에로스 Eros

사랑의 신이며, 기원전 7~6세기 서사시에서는 무서운 힘과 예측할 수
없는 습격을 하는 신, 사랑의 쾌락과 미(美)의 신으로 드러난다. 또 우
주혼돈의 질서화의 원리라고도 한다.

🍃 오르페우스 Orpheus

매우 훌륭한 음악의 신으로서 그가 노래를 부르고 비파를 뜯으면 산천 초목과 짐승들이 넋을 잃고 귀를 기울였다 한다.

🍃 제프로스 Zephyros

플로라의 남편인 바람신 제프로스는 아네모네를 사랑하게 되었다. 이 사실을 안 플로라는 아네모네를 외딴 곳으로 추방시켜버린다.

🍃 크로노스 Kronos

시간의 신으로서 그리스 주신(主神) 제우스의 아버지이기도 하다. 크로노스의 시대는 인류의 황금시대로, 싸움이 없고 죄악도 모르며 대지는 절로 열매를 맺었다.

테미스 Themis

그리스어로 '질서 · 율법'을 뜻한다. 정의와 질서의 수호신으로서 양손
에 저울과 칼을 들고 있는 모습으로 묘사된다.

판도라 Pandora

그리스 신화에 나오는 인류 최초의 여성으로 '판도라의 상자'로 잘 알려
진 여인. '판도라의 상자'는 어떠한 악조건 속에서도 희망은 남아 있다
는 의미를 가지는데, 회화에서는 종종 푸쉬케와 동일시되기도 하였다.

포세이돈 Poseidon

바다와 물의 신으로서 시간의 신 크로노스와 풍요의 여신 레아의 아
들이다.

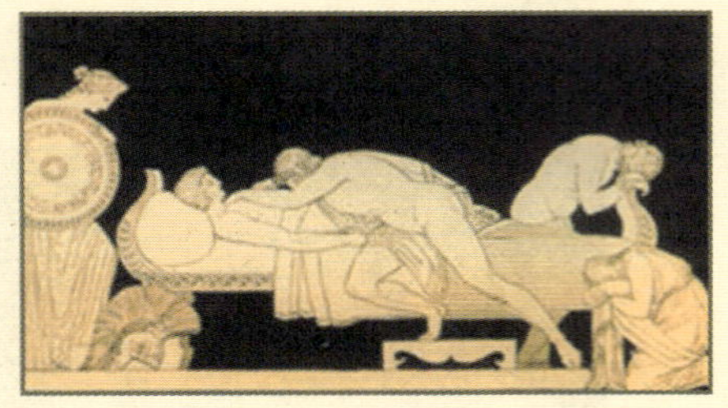

🍃 푸쉬케 Psyche

'영혼' 또는 '나비'를 뜻한다. 남편을 찾아 각지의 신전(神殿)을 돌아다
니며 온갖 고초를 겪던 중 죽음의 잠에 뒤덮일 무렵 큐피드에게 구출되
어 그와 결혼하게 되고 영원한 생명도 얻고 '기쁨'이라는 이름의 딸도
낳게 되었다.

🍃 프로메테우스 Prometheus

그리스 주신(主神) 제우스가 감추어 둔 불을 훔쳐 인간에게 내줌으로써
인간에게 맨 처음 문명을 가르친 장본인이다.

🍃 피그말리온 Pygmalion

여성에 대해 좋지 않은 인식을 가졌던 피그말리온은 갈라테이아라는
여인의 조각상을 아내로 삼게 해 달라고 기원했는데, 그의 기도에 탄복
한 아프로디테는 조각상에 생명을 불어넣어 주었다. '피그말리온 효
과'라는 말이 교육학에서 중요한 개념으로 사용되고 있다.

하데스 Hades

그리스 신화에 나오는 명계(冥界)의 신으로서 죽은 자들을 다스리는 신

헤라 Hera

제우스의 누이이자 아내이기도 하다. 올림포스의 여신 중 최고 여신으로서 로마 신화에서는 유노(영어로는 주노)와 동일시된다. 질투의 화신으로 알려져 있기도 하다.

헤파이스토스 Hephaestos

대장장이 신답게 도끼로 제우스의 두개골을 내리쳐 제우스가 지혜의 여신 아테나를 낳도록 도와 주었다. 문명을 뜻하기도 한다.

작가 후기

　그것은 점차 「死者의 書」가 되어갔다.

　대화의 방편으로 시작한 글은 나 자신 '자기소개서' 라 해도 틀리지 않지만, 신화 읽기라 해도 무방하며, 새로운 신화 일구기라 해도 틀린 말은 아니다. 그러나 보다 많이는 미학을 향하는 독백이다. 10년 가까운 독백이었으나 또 다른 방식의 독백이었으니.

　그 즈음 나는 다른 세상을 건설해 볼 꿈에 부풀어 있었다. 그러나 샴쌍둥이 같은 사람과의 만남에 경악한 후 인간의 한계, 그 단단한 알을 깨보려 했었다. 수천 수만의 물방울로 엎어지고 뒤집어지던 자맥질은 잊은 듯하다. 기억은 곧잘 잃어버리는 열쇠 같은 것이다.

　빗장을 풀거나 걸거나, 가능해 보이는 것은 말과 글밖엔 없기도 했다. 그래, 하자, 하늘과 땅 사이, 그 무한공간을 떠돈다 하여도, 까막, 까마득하게 숨 꺼져간다 하여도 도무지 목숨붙일 이유란 없기도 했으니.

욕망이란 대단하다. 숨 껍데기 살아남아 꺼질 듯한 삶들에 누더기라도
되어주었으면 했으니까. 한 글자 한 글자가 내 숨 껍질인 건 사실이나 서
푼 가치도 없이 떨어질 지도 모를 글자 따위가 적어도 내 삶엔 희망 걸게
했으니, 참 놀라웠다. 봉사 문고리 잡는 격이었어도 쏟아지던 찬사 모두 내
것이라 흡수한 착각도 한몫 했었다. 그러나 희망은 곧잘 빠지는 늪이기도
했다. 그렇다. 언어란 언어세계만은 아니기에 그건 확실히 그렇다.

언어세계란 은하계의 은하계만큼 넓고도 크다.
그 탐사, 재미있을 것 같다.

사람들, 많이 보고싶다.

2003년 11월 1일
이름이 여섯 개인 여자 고원 석제연

59 Cupititas 피닉스 문예 1

시지프의 신화일기

지은이 석제연
펴낸이 장민성
책임운영 신은주 편집부 양돌규 출판부 이택진 마케팅 오주형
용지 화인페이퍼 인쇄 한영문화사 제본 영신사

펴낸곳 도서출판 갈무리 등록일 1994. 3. 3. 등록번호 제17-0161호
초판인쇄 2003년 11월 5일 초판발행 2003년 12월 5일

주소 서울 마포구 서교동 467-1호 파빌리온 오피스텔 304호 (121-842)
전화 02-325-1485 팩스 02-325-1407
website http://galmuri.co.kr   e-mail galmuri@galmuri.co.kr

ⓒ 석제연, 2003

ISBN   89-86114-59-3 / 89-86114-58-5 (세트) 04800
값 8,800원